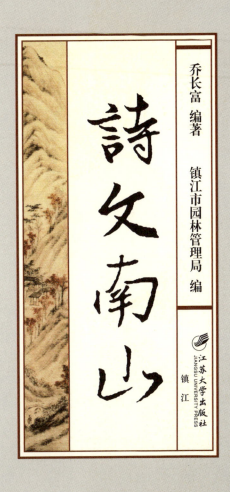

乔长富 编著

镇江市园林管理局 编

江苏大学出版社

JIANGSU UNIVERSITY PRESS

镇江

詩久南山

目录

前言

　　南山景区，镇江胜境。招隐中峙，群山环抱；峰峦竞秀，鹤舞龙回。修竹茂林，葱茏四季；杜鹃玉蕊，辉映三春。泉洒珍珠，秋鸣鹿水；窟藏狮虎，冬开石莲。岭下风来，鹂歌深谷；云间月出，虫吟幽兰。城市山林，世称佳绝。胜境南山，得天之厚。多诗多文，如诗如文。

　　南山景区不但得天之厚，而且更得人之秀。千百年来，活动于这片乐土上的人们，创造了丰富深厚的文化。这一文化，就地域而言，不妨称之为南山文化。历史上的南山文化，是以现实生活为源泉，以山林景观文化、佛教文化和隐逸文化为底蕴，三者和谐共处且相互融合与影响的文化；是以修身养性、寻幽探胜为主要目的的文化；是追求人与自然、人与社会、人与人、人的内心与外物之间和谐的文化，是以社会或自然本身的和谐为前提，随社会和自然的发展变化而发展变化的文化。而历代写作于南山、咏写南山的诗文，则是南山文化的集中反映。它们对于人们了解南山，考察南山文化，具有不可替代的作用。

一

　　历史上的南山文化，是镇江历史文化的重要组成部分。它具有镇江历史文化的共性，又具有自己的特色和优势。而南山文化的发展和开始兴盛，也与镇江历史文化在六朝时期的发展和繁荣有着密切的关系。其中，最重要和影响最大的，借用元代诗人萨都剌《招隐山分韵得生字》诗中的说法，就是"龙飞"和"凤隐"这两件事。所谓"龙飞"，是指宋武帝刘裕发迹以前曾游息于京口竹林寺这件事。《南史·宋本纪》载："（刘裕）尝游京口竹林寺，独卧讲堂前，上有五色龙章，众僧见之，惊以白帝。帝独喜曰：'上人无妄言。'"《太平寰宇记》卷八九载："宋高祖丹徒人，潜龙时常游竹林寺，每息于此山（按：指黄鹄山，后改名黄鹤山），常有黄鹤飞舞，因名黄鹤山，后改竹林寺为鹤林寺。"今天看来，"五色龙章"云云，只是神话；黄鹤起舞，当有可能。但不管怎样，刘裕发迹前曾游竹林寺应是事实。再从黄鹤山的得名和竹林寺改称鹤林寺这两件事来看，"龙章""黄鹤"都被附会成了刘裕称帝的"瑞兆"，这也当是事实。要之，有关刘裕"龙飞"与竹林寺、黄鹤山关系的记载，不但表明京口南山在东晋时期已经有了竹林寺，而且表明由于刘裕的影响和重视，竹林寺的地位和知名度大为提高。自然，南山的地位和知名度也随之大为提高。此事对于南山文化的发展产生了重要影响。南山的佛教文化显然因此得到了发展动力，所以在南朝时期，南山地区又出现了招隐寺和新竹林寺，形成了南山鹤林、招隐和新竹林"三大寺鼎立"的局面，使得后世来游的骚人墨客，往往要就此抒发一通兴亡之感，从而不断阐发丰富了南山文化的历史内涵，增加了历史的厚重程度。

所谓"凤隐"，是指《宋书·戴颙传》记载的戴颙在宋文帝元嘉十五年（438）至元嘉十八年（441）之间，隐居黄鹄山和兽窟山这件事。该传说："衡阳王义季镇京口，长史张邵与颙姻通，迎来止黄鹄山。山北有竹林精舍，林涧甚美。颙憩于此涧，义季亟从之游。……（元嘉）十八年，卒。"而据《京口记》记载："戴颙初居竹林，后乃筑馆于此（按：指兽窟山，后称招隐山）。至景平元年，颙女舍与昙度为寺。"（按：《京口记》原书已散佚。这里是据《苏轼诗集》卷十一所录）戴颙是刘宋时期的高士，著名的音乐家和雕塑家，他的隐居既是为了保持高洁的人格，也是为了提升自己的艺术水平，与当时一些人为沽名钓誉、谋取官禄而隐居有本质不同。戴颙的隐居并终老于京口南山，使得南山成为人们心目中隐居者的胜地，隐逸文化成为南山文化的重要组成部分。

戴颙去世以后，他的女儿"舍宅为寺"，便出现了南山历史上另一座知名寺庙——招隐寺。招隐寺是南山隐逸文化和佛教文化相融合的产物与象征。它在南朝时期也颇知名。但传统说法认为戴颙之女舍宅与昙度为寺是在景平元年（423），却难以成立。因为从上引《宋书·戴颙传》可以看到，戴颙到南山竹林寺隐居，始于元嘉十五年（438），比景平元年（423）要晚十五年，可见景平元年戴颙还没有到南山隐居，他的女儿又怎么可能有"舍宅"之事呢？看来，这是一个需要重新探讨的问题。

二

"龙飞""凤隐"于南山的事实，充分显示了南山文化的盛兴始于东晋和南朝时期；而表现在南山诗文中的其后一千三四百年间隋唐至清代南山文化的发展，则呈现了以下一些情况。

一是佛教文化经历了从繁盛到曲折发展的过程。唐代初期到中期，南山仍是润州佛教文化的中心所在。武则天当政时期，禅宗高僧昙璀的入主竹林寺；唐玄宗时期，禅宗高僧玄素的入主鹤林寺；唐玄宗至唐代宗时期，律宗高僧朗然的入主招隐寺，就集中反映了这一现实。但从唐代中晚期开始，随着金山寺、甘露寺的兴起，润州佛教文化中心就逐渐由南山转移到金山寺和甘露寺。再加上一些客观因素的影响，南山的佛教文化逐渐进入了曲折发展的阶段。以竹林寺为例，据北宋王安石《次韵张子野竹林寺二首》诗中所写，当时是"败壁数峰连粉墨，凉烟一穗起檀沉"，一派荒凉、残破景象。以后更是湮没无闻。直到明末清初，经林皋法师重建（从王安石诗所说情况看，重建之寺很可能并非建于原址），又经清雍正时期的大修，才又得到了振兴。竹林寺如此，招隐、鹤林两寺也都有过破败不堪甚至毁坏的情况。不过，除了三大寺以外，南山还陆续出现了一些小的寺、庵，例如八公洞地区见于清代王文治《八公洞十咏》的，就有平等寺以及翠淙、深云等九庵，其中有的小庙可能在北宋时就已出现。这显示出南山寺庙向纵深发展的动向。不过，这些小庙现在已不见踪影。

二是由戴颙开创的招隐山以至南山的隐逸文化，仍然在产生重要影响，人们仍然把招隐山以至南山当作隐居者的胜地。这一方面表现在戴颙以后仍有一些人出于各种原因，想要或曾经来此隐居。例如，隋代高僧智琳曾因"招隐伽蓝，俗外尘表，山房闲寂，茂林幽邃，有终焉之志，迫以缘碍，弗之果也"（《续高僧传》"智琳传"）；唐代高僧昙璀曾为躲避武则天的逼迫而隐居至南山，后来成为新竹林寺的住持；明代杨一清遭受政治打击以后在鹤林寺附近建鸿鹄山庄以隐居；清代也有人因喜爱招隐山的环境，而建住宅于其间。此外，还有昭明太子萧统隐居招隐山"养晦""避祸""读书"，以及他的八个太监隐居于八公洞的说法。另一方面，更表现在唐代以来，游招隐寺和南山的骚人墨客，往往要对隐居之事表示赞美和抒发感慨，从而也阐发和丰富了南山隐逸文化的内涵，产生了深远影响。

三是以南山山林景观为主体的山林景观文化呈现出丰富多彩的情状。在镇江悠久而丰富的历史文化之中，山林景观文化占有相当重要的地位；而在南山的历史文化之中，山林景观文化更是居于突出地位。南山的隐逸文化、佛教文化等，无一不是以山林景观为依托，并受其影响；而名人、隐士、高僧们的遗迹和寺庙，又成为山林景观的组成部分。山林景观文化的重要特点是：人们热爱山林、赞美山林，与山林和谐共处，相得益彰。这一点，也正是南山文化的共性。六朝以来，一方面，人们对南山的山林景观进行了不断的加工、改造，根据山林特色和相关故事，建造了不少景点，到明清时期，南山大大小小的景点有一二十处，甚至更多。另一方面，人们在诗文中对相关的山林景观进行了大量描绘和称赞，并且针对有关景观展开了丰富的想象，编造出一个个优美动人的传说和神话，彰显了山林景观之美，丰富了南山山林景观文化的内涵。

四是以寻幽探胜、修身养性为目的的旅游和休闲文化发展成为主流。从唐代以来大量的诗文和记载看，除了少数人以外，绝大多数人都是出于寻幽探胜、修身养性的目的来游南山的。南山吸引他们的是丰富多彩的自然风光和名胜古迹。例如，唐代李约"屡赞招隐寺标致"，是因为"所赏者，疏野耳"（《因话录》）；唐代李涉所以游鹤林寺，是由于"终日昏昏醉梦间"，他所满足的是"偷得浮生半日闲"（《题鹤林寺僧舍》）。不少人虽然仰慕戴颙"嘉遁"，但实际上真正留下来"高隐"的并没有几个，人们至多是通过"高僧""高隐"接受一次"精神洗礼"而已。当然，这样说并非是要否定这种"精神洗礼"。事实上，对于寻幽探胜、修身养性者来说，这种"洗礼"是一种精神境界，有着重要的意义和作用。当年李涉不就是"因过竹院逢僧话"才深切体会到"闲"中的理趣么？

最后一点，南山文化在其历史发展进程中，始终与社会现实密切联系，具有丰富的社会现实内容。南山不是"世外桃源"，南山文化也不是"不食人间烟火"的脱离现实的文化。上述几个方面的情况，其实都与社会的发展变化有着直接或间接的联系，都有一定的现实内容和现实需求。正因此，一旦社会发生大的变动，社会矛盾尖锐之时，在南山文化中也会掀起现实的浪花。例如，唐代以来社会动荡、社会矛盾尖锐，活动于南山的人们也会在诗文中对此有强烈的反映。面对安史之乱，诗人李嘉祐说："烟尘怨别唯愁隔，井邑萧条谁忍论？"（《秋晚招隐寺东峰茶宴送内弟阎伯均归江州》）面对南宋初年的社会动乱，缪瀚说："烽烟扰扰障中原，剩水残山尚此存。万木萧条风色改，一天惨淡日光昏。"（《扈从至润州过招隐寺》）面对南宋后期的国势，岳珂说："未洗中原恨，谁消永日闲？"（《鹤林寺题古竹院僧房》）面对明末清初的战乱，宋曹说："到处牛羊归路险，一时烽火夜来青。"（《晚出鹤林寺》）。在俞希鲁《招隐禅寺修造记》中，我们看到了"皇元混一区夏，兵燹之余，（招隐寺）寺之土田物产悉夺于人"；在龚秉德《招隐寺》中，我们从"马禅挂锡空留偈，民役输征实累僧"看到了明代后期赋税的严苛；在庞时雍《秋日游招隐寺》中，我们也读到了"幸与吾民共休息，鸿嗷免赋荷天公"，希望与民休息，百姓哀求减免赋税。这些都突出表现了南山文化鲜明的现实性。

三

从东晋、南朝直到清代末年一千四五百年的南山发展史上，出现过不少名人、名僧，他们对南山文化的发展作出了重要贡献；同时也发生了一些令人扼腕的事件，它们对南山的文化建设起到了破坏作用。限于篇幅，这里对前者只说梁代昭明太子萧统，对后者举几个毁庙、毁林事件。

关于萧统与南山的关系，尽管从梁陈以至隋唐五代的文献中，人们还没有找到萧统来京口南山的记载（《全唐文》所收刘乾《招隐寺赋》中曾说："仆旧闻有昭明太子昔曾养晦读书于此。"但经查考，刘乾其实是明朝人），不过萧统是南徐州南兰陵东城里（今属江苏丹阳）人，萧统在世时，他的儿子萧欢又曾任南徐州刺史，所以萧统与南徐州的关系不同寻常。他生前来"桑梓之地"南徐州名胜招隐山游览、读书一段时间，并非没有可能，而且古代招隐山也确有昭明读书台等建筑。所以有关说法并非"空穴来风"。更重要的是，宋元以来，有关说法在南山文化中的影响越来越大，与南山的关系已密不可分。因此，即使退一万步讲，历史上并无萧统招隐山读书之事，也不能否定他是南山名人，不能否定他对南山文化发展的重要影响和贡献。

关于南山历史上发生的毁庙、毁林事件，比较突出的有以下几次：一是唐朝末年，刘浩叛乱时，叛军焚毁鹤林寺及鹤林寺名花杜鹃花树。二是清代晚期太平天国起义部队与清军作战时，焚毁了招隐寺和增华阁，鹤林寺也遭到毁坏。三是明朝后期有"鄙夫"欲砍伐鹤林寺前的"十三松"，被退隐于附近的太傅杨一清阻拦了下来，因此这"十三松"又名"太傅松"。不过从清人的诗中看，这十三棵古老的松树最后还是遭到了砍伐，而"十三松"这一名胜也随之消失于世。历史的经验值得借鉴。今天当然不可能再发生焚毁鹤林寺、招隐寺那样的事件，但类似"鄙夫"因无知和贪财而砍伐"十三松"、毁掉一处名胜的行为，也还是值得人们高度警惕的。

历史上对于南山文化建设作出贡献的人物，人们会永远记住他们；历史上严重破坏南山文化的事件，人们也永远不会忘记。

四

这本浅薄的诗文品注是应南山文化建设的需要而编撰的。书名含义为：诗文咏写的南山，如诗如文，富有诗情文韵的南山。撰者围绕南山名胜、名人，从《京江赋》《南山诗征》，以及《宋书》《全唐文》《大宋高僧传》《太平广记》《京口耆旧传》《至顺镇江志》《招隐山志》等中，撷取古代有关南山的名篇佳作或有特色的诗文七十八题共八十篇，依作者时代先后为序，止于民国初期，撰成此编；并依据撰者的理解，加以注释、品析，介绍一些情况，探讨某些说法，希望能有助于欣赏和研讨，有助于了解南山文化的发展历史。但个人水平和条件有限，肯定会有错误，尚祈不吝指正为盼。

本书在资料收集、图画采用方面，得到了镇江市南山风景名胜区管理处张炳文先生等的帮助，特此志谢。

乔长富

2013 年 5 月

戴颙传（节选）

南朝梁·沈约

　　戴颙字仲若，谯郡铚①人也。父逵，兄勃②，并隐遁③有高名。颙年十六，遭父忧④，几于毁灭⑤，因此长抱羸患⑥。以父不仕，复修其业⑦。父善琴书，颙并传之。凡诸音律，皆能挥手⑧。会稽剡县⑨多名山，故世居剡下。（中略）衡阳王义季⑩镇京口，长史张邵⑪与颙姻通⑫，迎来止黄鹄山⑬。山北有竹林精舍⑭，林涧甚美，颙憩于此涧，义季亟从之游⑮。颙服其野服⑯，不改常度⑰。为义季鼓琴⑱，并新声变曲⑲。其三调《游弦》《广陵》《止息》之流，皆与世异⑳。太祖㉑每欲见之，尝谓黄门侍郎㉒张敷㉓曰："吾东巡之日，当宴戴公山也。"以其好音，长给正声伎一部㉔。颙合《何尝》《白鹄》二声，以为一调，号为清旷。（中略）十八年，卒，时年六十四。无子。景阳山成㉕，颙已亡矣，上叹曰："恨不得使戴颙观之。"

【作者简介】

　　沈约(441—513)，字休文，吴兴武康（今浙江湖州德清）人。南朝著名文学家、史学家。历仕宋、齐、梁三代，官至尚书令。工诗文，所撰《宋书》，为论者称道。《梁书》有传。

【解题】

《宋书》共一百卷，定稿于齐、梁间。《戴颙传》见该书《隐逸传》。戴颙（378—441），字仲若，东晋末年、南朝宋前期著名的音乐家、雕塑家。隐居不仕。初居剡县，后徙桐庐（今属浙江）、吴县（今江苏苏州）。晚年至京口，止于黄鹄山，后隐居于兽窟山，后人为纪念他，把兽窟山改名为"招隐山"。戴颙死后，其女舍其所隐居宅为寺，世称"招隐寺"。

【注释】

① 谯郡铚（zhì）：在今安徽宿州。

② 父逵，兄勃：戴颙之父戴逵（？—396），字安道，东晋学者、雕塑家和画家，且精通音律。《晋书》有传。戴颙之兄戴勃（生卒年不详）亦隐居不仕，通音律，事迹附见于《宋书·戴颙传》。

③ 隐遁：隐居避世。

④ 父忧：父亲去世。忧，父母之丧。

⑤ 毁灭：指因丧失亲人而悲伤过度，严重损害身体。

⑥ 羸（léi）患：体弱多病。羸，身体瘦弱。

⑦ 修其业：研习、拓展父亲的本领和事业。

⑧ 挥手：动手弹奏。

⑨ 会（kuài）稽剡（shàn）县：在今浙江嵊州市境内。会稽，古郡名，指会稽郡，治地在今浙江绍兴市。下文"剡下"指剡县境内。

⑩ 衡阳王义季：即刘义季（415—447），宋武帝刘裕之第七子。元嘉元年（424）封衡阳王。元嘉九年（432），为都督南徐州（治地在今镇江）诸军事、右将军、南徐州刺史，镇京口。元嘉十六年（439），为荆州刺史。在任躬行节俭。后因其兄刘义康被废，遂酗酒不理政事。官终徐州刺史。《宋书》有传。刘义季迎戴颙至南徐州，是在他为南徐州刺史期间。

⑪ 长史张邵：张邵，吴（今江苏苏州）人，字茂宗。宋文帝时官至荆州刺史刘义恭的抚军长史。《宋书》有传。长史，南朝时刺史带将军官号而开府者，其幕府长官为长史。文中所说的"长史"当指衡阳王义季镇京口时幕府的长史。但《宋书·张邵传》未载。

⑫ 姻通：姻亲。因婚姻关系而形成的亲戚。

⑬ 黄鹄山：即黄鹤山，在今镇江南徐大道东端北侧。黄鹄山之名，始见于此传。而黄鹤山之名，从现有文献看，则见于唐代，例如唐代李华《润州鹤林寺故径山大师碑铭》称"建塔于黄鹤山西原"。因此，颇疑此山初名"黄鹄"，后因刘裕改竹林精舍为鹤林寺，山名后来亦因而改称"黄鹤"。

⑭ 竹林精舍：精舍，原指书斋、学舍，集中生徒讲学之所；六朝开始，亦指僧道徒居住或说法讲道之处。竹林精舍，一名竹林寺，后改名鹤林寺。《至顺镇江志》卷九："鹤林寺，在黄鹄山下，旧名竹林寺。宋永初中，改今名（宋高祖即位后，改名鹤林）。"

⑮ 亟从之游：屡次随从他一起出游。

⑯ 服其野服：穿着山野之人穿的服装。

⑰ 常度：平常的风度。

⑱ 鼓琴：弹琴。

⑲ 并新声变曲：全都是新声、变调。新声，新作的乐曲。变曲，变异的曲调。

⑳ 与世异：与社会上流行的曲调不同。

㉑ 太祖：指宋文帝刘义隆（407—453），庙号太祖。

㉒ 黄门侍郎：本指任职于黄门（宫门）之内的郎官，其职务为侍从皇帝，传达诏令。南朝以后因而掌管机密文件，备皇帝顾问。

㉓ 张敷：张邵之子，宋文帝元嘉中为黄门侍郎。《宋书》有传。

㉔ 正声伎一部：演奏合于音律乐声的乐伎一组。

㉕ 景阳山：宋文帝建于华林园宫苑中的人造小山。《建康实录》卷十二："元嘉二十三年（446），兴景阳山于华林园。"下文"上"指宋文帝。

【品析】

在镇江南山悠久而丰富的历史文化之中，戴颙的隐居于竹林寺和招隐山，无疑具有重要意义。他的隐居，不但开创了南山的隐逸文化，使南山成为隐逸者的胜地，而且彰显了南山的景观文化，推动了南山景观文化以至南山文化的发展。所以，说到南山，除了刘裕以外，不能不首先说到戴颙。

本文节选自《戴颙传》，主要记叙了戴颙隐居京口南山的事迹，表现了他热爱音乐、精通音律且不断创新的精神，更表现了他热爱山林、不慕名利、平交诸侯的高尚品质。

而这些正是南山山林文化的"神魂"。戴颙的隐居南山，不仅显示出南山的清幽美好，而且赋予南山以"神魂"，使之成为高士们向往的胜地。文章在正面记叙的同时，又通过宋文帝的两次谈话，侧面表现了戴颙的精神和品格，显示了《宋书》文字流畅，善于叙事的重要特点。

按：《宋书》本传只说到戴颙"来止黄鹄山"，而清代王文诰注《苏轼诗集》的《同柳子玉游鹤林招隐醉归呈景纯》诗引《京口记》称："戴颙初居竹林，后乃筑馆于此（引者按：指招隐寺）。"可见其隐居南山的过程。

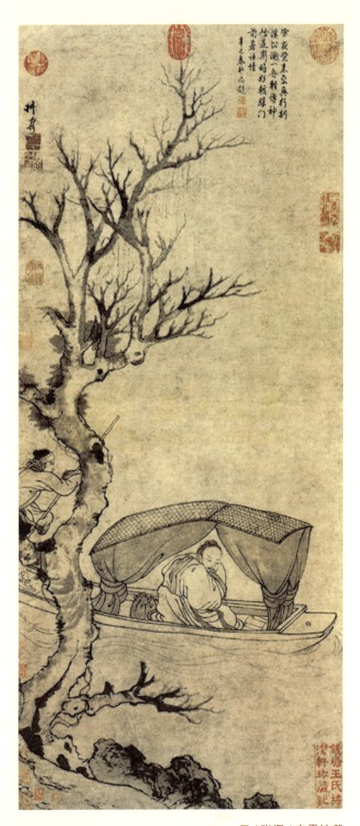

元／张渥／夜雪访戴

陪润州薛司空丹徒桂明府游招隐寺

唐·骆宾王

共寻招隐寺，初识戴颙家。

还依旧泉壑，应改昔云霞。

绿竹寒天笋，红蕉腊月花。

金绳倘留客，为系日光斜。

【作者简介】

　　骆宾王（约626—684后），婺州义乌（今属浙江）人。唐高宗时，初为道王李元庆府属吏，累迁侍御史。武后当政时，贬临海（今属浙江）县丞。文明元年（684），随从徐敬业起兵讨伐武后，兵败被杀。一说兵败逃亡，不知所终。工文能诗，为"初唐四杰"之一。两《唐书》有传。

薛司空，疑为武后时曾任润州刺史的薛宝积。司空，是工部尚书的别称，指薛某在朝廷曾任的官职。据郁贤皓《唐刺史考》记载，薛宝积武后时曾为润州刺史。桂明府，名讳不详，当时任丹徒县令。唐朝人敬称县令为明府。

【注释】

招隐寺：原为戴颙隐居于兽窟山中的居宅，戴颙去世后，其女舍宅为寺。《苏轼诗集》卷十一引《京口记》称："戴颙初居竹林，后乃筑馆于此。至景平元年，颙女舍与昙度为寺。"按："景平"为南朝宋少帝年号，"景平元年"为公元 423 年。然据《宋书·戴颙传》，戴颙在元嘉十五年 (438) 以后始至竹林精舍，元嘉十八年（441）去世。因此，不可能有景平元年舍宅为寺之事。据此，旧说当有误。戴女舍宅为寺，当在元嘉十八年以后，具体时间待考。

金绳：佛教传说，离垢国以黄金为绳，作道路的分界。《法华经》二 "譬喻品"："世界名离垢，清净无瑕秽，以琉璃为地，金绳界其道。"此诗之"金绳"借指以金绳为界的佛家胜地（指招隐寺），又双关指系日的长绳。

【品析】

这首五言律诗是现存唐代最早写于南山并咏写招隐寺的诗篇。作者能够陪伴润州刺史等出游，表明他本人当也有一定的政治地位。从骆宾王的仕历及行踪看，这首诗当是他在唐高宗调露二年（680）从侍御史出为临海县丞赴任经过润州，或嗣圣元年 (684) 前弃官至扬州经润州时所作。

首二句写陪薛司空、桂明府"共寻"招隐寺，叩题。"寻"显示寺在深山幽静之处。"初识"显示初至此寺，含有仰慕已久的意思。招隐寺原为戴颙居宅，所以说是"戴公家"，这就把招隐寺与戴颙的关系点了出来。三四句写招隐寺。"还依旧泉壑"说寺本身仍然是靠近山壑清泉，自然环境未变；"应改昔云霞"是说时光流逝，云霞已改。两相对照，表现了对山林依旧，人事已非的感慨。五六句写游寺所见的山中美景，并点明游寺时间。人间已是"腊月"（农历十二月），但寺旁山中依然绿竹生笋，红蕉开花，地气温暖，景象幽美。最后两句写流连忘返的心情，综合运用了佛家"金绳"的典故，以及晋代傅玄《九曲歌》"安得长绳系白日"的句意，意思是说，如果这以金绳为界的佛家胜地招隐寺想留住我们这些游客，那么就用它的"金绳"来扣住天上的太阳，不使它西斜落山，我们就可以永远留在这招隐古寺之中了。当然这只是作者的奇特想象，以突出留恋心情，从而烘托出招隐寺周边景色的迷人，并暗点离寺时间。此诗为唐人五言律诗名篇。李庆甲《瀛奎律髓汇评》载："方回评：五、六富艳。又纪昀评：妙，不甜熟，此为唐人骨韵。又冯舒评：次联紧接，落句妙在撇开。"

清 / 周镐 / 招隐听鹂

竹林寺

唐·李峤

早起出城市，
寻僧到竹林。
始知竹林幽，
僧栖云自深。

【作者简介】

李峤（644—713），字巨山，赵州赞皇（今属河北）人。少有才名。年二十，进士及第。唐高宗时，累迁给事中。贬润州司马。武后圣历元年（698），与姚崇并迁同凤阁鸾台平章事，屡居相位。景云元年（710），出为怀州刺史。官终滁州别驾。工诗能文，与崔融、苏味道、杜审言并称"文章四友"。两《唐书》有传。

竹林寺，据本书所录李华《润州鹤林寺故径山大师碑铭并序》及《大宋高僧传·唐润州竹林寺昙璀传》，唐代润州南山除有古名竹林寺的鹤林寺之外，又有另建之竹林寺。李峤此诗所咏究竟是古名竹林寺的鹤林寺，还是另建的竹林寺，难以臆定。但两寺都建于南山，则是可以确定的。又，此诗不见录于《全唐诗》及《全唐诗补编》，《京江赋》等据方志收入此诗。

【注释】

竹林：指竹林寺。

僧栖云自深：因为有僧人栖居，脱离尘世，所以山中的白云自然显得更深厚。

【品析】

据《旧唐书·李峤传》记载及《唐才子传校笺》卷一"李峤"的考证，李峤在武后长寿元年（692）因"忤旨，出为润州司马"，次年入朝为凤阁舍人。这首五言短诗当作于李峤任润州司马期间。前两句写前往竹林寺的时间及原因。"早起"，可见他往竹林寺"寻僧"的郑重和迫切心情，显示他对竹林寺仰慕已久。后两句写游竹林寺后的收获。一是"始知竹林幽"，感到竹林寺环境清幽，果然名不虚传。这是赞美竹林寺的环境，用"幽"字概括其环境特点，揭示出所以"早起""寻僧"的原因。二是"僧栖云自深"，感到竹林寺是僧人栖居之处，僧人脱离尘俗，清净自在，所以山中白云自然要比别处更深一些，更美一些。这就进一步写出竹林寺的深幽和美好，显示出诗人的赞美和向往之情，反衬出诗人遭到贬官后的失意心情，进一步揭示所以"早起""寻僧"的原因。表面看来，短短四句诗只是直叙其事，并无深意。实际上，在明晰、生动的叙写之中，表现了丰富的意蕴，有语短情长之妙。而"僧栖云自深"一句意蕴更为丰富深刻，尤为全诗"点睛"之笔。

题鹤林寺

唐·綦毋潜

道门隐形胜，向背临层霄。

松覆山殿冷，花藏溪路遥。

珊珊宝幡挂，焰焰明灯烧。

迟日半空谷，春风连上潮。

少凭水木兴，暂忝身心调。

愿谢携手客，兹山禅诵饶。

【作者简介】

綦毋潜（生卒年不详），字孝通，虔州（今江西赣州）人，一说荆南（今湖北荆州）人。开元十四年（726）进士及第。授宜寿（今陕西周至）县尉。天宝中，累官至著作郎。《唐才子传》有传。

鹤林寺，在黄鹤山。本名竹林寺。始建于东晋，宋高祖永初年间（420—422）改名鹤林寺。《太平寰宇记》卷八九"江南东道"一"润州丹徒县"："黄鹤山在县西南三里。宋高祖丹徒人，潜龙时常游竹林寺，每息于此山，常有黄鹤起舞，因名黄鹄山，改竹林寺为鹤林寺。"

【注释】

道门：入道之门，这里指寺庙，即鹤林寺。

形胜：风景优美的地方。

向背：前面和后面。这里指整个寺庙。

层霄：天空高远之处。

珊珊：飘逸的样子。

宝幡：指佛寺殿堂悬挂的旗子。

迟日：和暖舒缓的太阳。多指春日。

少（shāo）凭：稍微满足。少，稍微。凭，满足。

水木兴：欣赏山水的兴致。

暂忝身心调：暂时使得自己身心调谐。这里的"忝"有"忝得"之意。"忝"是谦词。

谢携手客：辞别携手同游之人。谢，辞别。

禅诵饶：学佛诵经的人很多。饶，多。《全唐诗》"禅诵"作"禅侣"。

【品析】

这首五言古诗是现存较早咏写鹤林寺的诗篇。它曾选入《河岳英灵集》，当是作者在开元（713—741）前期，或天宝元年（742）至天宝十二年（753）前游润州时所作（参《唐才子传校笺》"綦毋潜"），但具体年代不详。

诗人按照游寺的经过，开头两句总写鹤林寺的形势，说它隐藏在风景优美的地方，高立在山峰之上，庄严而令人神往。三四句具体写登山所见山寺周边的清幽环境：山中佛殿被浓密的青松覆盖着，显得很幽寂；山路旁的小溪被山花掩藏着，显得很悠远。

清 / 张崟 / 山水图

五六句写进入寺庙后所见：殿堂中宝幡飘拂，盏盏明灯闪亮，一派庄严热烈的景象，与寺庙外的清幽环境形成鲜明对比。七八句描写寺外景象：春天的太阳照亮半个山谷（另外半个朝北的山谷被山崖遮掩，照不到），春风吹拂着山林和山下的溪水（鹤林寺下有山涧），生机勃勃。最后四句写游寺的感受和心愿。作者感到此次游玩满足了自己喜爱山水的兴致，使自己身心和谐，暂时忘却了人间的荣辱和烦恼；寺中志同道合的学佛者很多，所以作者表示愿意留在寺中，不与同游之伴离开山寺。

全诗通过平实而又生动的叙写，运用对比、烘托和渲染等手法，展现了鹤林寺的清幽美好，以及作者的喜爱之情。《河岳英灵集》卷中"綦毋潜"评论说："潜诗屹萃峭蒨，足佳句，善写方外之情。至如'松覆山殿冷'，不可多得。"作者另有五言律诗《题招隐寺绚公房》，亦选入《河岳英灵集》，可对照参看。

诸官游招隐寺

唐·王昌龄

山馆人已空，青萝换风雨。

自从永明世，月向龙宫吐。

凿井长幽泉，白云今如古。

应真坐松柏，锡杖挂窗户。

口云七十余，能救诸有苦。

回指岩树花，如闻道场鼓。

金色身坏灭，真如性无主。

僚友同一心，清光遣谁取？

【作者简介】

王昌龄（？—约756），字少伯。京兆长安（今陕西西安）人。开元十五年（727）进士及第，授秘书省校书郎。开元二十二年（734）登博学宏词科，授汜水（今河南荥阳巩县西）尉。历江宁（今江苏南京）丞，贬龙标（今湖南洪江黔阳）尉。安史乱中，还乡时为亳州（今属安徽）刺史所杀。工诗，尤长于七绝，有"诗家夫（一作'天'）子"之誉。两《唐书》有传。

【注释】

山馆：山中房舍，指戴颙隐居于招隐山的旧宅。

青萝：青色的松萝。

永明：南齐武帝年号（483—493）。

月向龙宫吐：月亮照向这深山中的寺庙。龙宫，佛教传说中的宫殿。这里指招隐寺。吐，出现。

应真：佛教中罗汉的别称。这里指寺中老僧。

锡杖：佛教比丘所持禅杖，头有锡环。原为僧人乞食时所用。

诸有苦：众多有苦难的人，与佛教"众生"意近。

金色身：以黄金涂饰的佛像。

真如：佛家指宇宙万有的本体。真，指真实、真相。如，指如常，无变易。

一心：专心致志。

清光：清亮的光辉，比喻佛家真谛。

【品析】

这首五言古诗，是开元二十八年（740）到天宝（742—755）前期，王昌龄任润州江宁县丞时与"诸官"即众同僚游招隐寺时所作。众多官吏同游招隐寺，可见当时此寺已成为游览胜地。

全诗十六句，写同游招隐寺的见闻和感受。前六句写戴颙去世以后招隐寺的情况：虽然"山馆"的主人戴颙已经去世，屋边青萝也历经多年风雨，但是自从永明以来，招隐山中出现了这座"龙宫"一样的招隐寺。人们开挖水井引出山泉，当时的白云至今依旧。这六句通过描写环境的变与不变，既表现出作者对人世沧桑变化的感慨，又突出了戴颙精神的可贵和永存。中间六句叙写寺中老僧讲经说法的情况，老僧自称"能救诸有苦"，并"回指岩树花"为例说法，而作者与"僚友""如闻道场鼓"，有所警悟。最后四句抒写作者感悟：金色的佛像还是会坏灭，只有"真如"的本性不受外物主宰，同僚们都是专心致志地听讲，但是又让谁获得了这佛家真谛呢？作者言下之意，是在称许戴颙获得了佛家遂性自如的真谛，常人不易做到，从而突出了赞颂戴颙隐居不仕的可贵精神和高洁品格的主题。全诗将写景与叙事、抒怀、说理融为一体，文词淳淡有味。《唐诗品汇》曾选入本诗。

按：关于招隐寺的始建年代，本书在骆宾王《陪薛司空丹徒桂明府游招隐寺》的注释中，已考证"景平元年"说不可信。值得注意的是，王昌龄诗中说"自从永明世，月向龙宫吐"，看来他认为招隐寺是始建于永明年间。从各种情况看，"永明"说并非没有根据，值得深入研究。

飞云阁

送灵澈上人

唐·刘长卿

苍苍竹林寺，
杳杳钟声晚。
荷笠带夕阳，
青山独归远。

【作者简介】

　　刘长卿（714—790），字文房，宣州宣城（今属安徽）人。一说开元二十一年（733）进士及第，当误。至德年间（756—757）为监察御史。后贬南巴（今广东电白县东）县尉。大历年间（766—779）以检校祠部员外郎为淮西、鄂岳转运留后。因受诬陷，贬睦州（今浙江建德）司马。建中元年（780）迁随州（今属湖北）刺史。工诗，尤善五言，有盛名。权德舆称之为"五言长城"。《唐才子传》有传。

灵澈（746或748—816），一作灵彻。字源澄，一作澄源。俗姓汤，会稽越州（今浙江绍兴）人。少出家为僧。大历年间，从严维学诗，得刘长卿等赞赏，遂有诗名。贞元年间（785—804）入长安，与刘禹锡等交游，名震京师。遭流言中伤，被流放。元和年间（806—820）遇赦放归。卒于宣州（今安徽宣城）。《大宋高僧传》《唐才子传》等有传。"上人"是对僧人的敬称。

【注释】

苍苍：深青色。

竹林寺：注者都以为指古名竹林寺的鹤林寺。参綦毋潜《题鹤林寺》【解题】。

杳杳：深远，见不到踪影。

荷笠：背着用竹箬等编成的笠帽。

带夕阳：披戴夕阳的余晖。

【品析】

这首五言仄韵绝句是中唐山水诗名篇，是刘长卿大历五年（770）左右在润州时所作。当时灵澈也游方至润州，歇宿于"竹林寺"（即鹤林寺），日暮由润州城中归寺，刘长卿作此诗相送。它篇幅虽短，但仅仅二十个字就绘写出一幅有声有色、形神兼备、情意悠长、意境悠远的山僧暮归图。

前二句从见、闻角度写灵澈归山的目的地竹林寺的远景。"苍苍"显示寺在深山之中。"杳杳"写寺中的晚钟声悠远可闻。由于"竹林寺"离城不远，所以写钟声既有"虚写"即想象成分，也有"实写"即实闻的成分。这两句通过环境描写烘托出"竹林寺"庄严肃穆、令人神往，又从侧面烘托出灵澈庄严清远的形象，以及作者对古寺、高僧的敬重向往之情。后两句正面写灵澈归山的形象，并点出归山时间。灵澈背着竹笠，披戴着夕阳的余晖，形象清朴而光辉；他向着青山独自一人渐渐远去，意态悠远洒脱。从中又暗示作者对灵澈的敬重和依依不舍，表达了送别之意。俞陛云《诗境浅说续编》评此诗说："四句纯是写景，而山寺僧归，饶有潇洒出尘之致。高僧神态，涌现毫端。真诗中有画也。"

润州鹤林寺故径山大师碑铭并序（节选）

唐·李华

（前略）大师延陵①马氏，讳玄素，字道清。崇高绍兴于法位②，胄绪不系于人间③。慈母方娠④，厌患荤肉。长至⑤之日，诞弥仁尊⑥。生有异祥⑦，乳育⑧安静。既龀⑨，稽首⑩父母，求归法门⑪。即日获请，出依精舍。如意⑫年中剃度⑬隶⑭江宁⑮长寿寺。

（中略）入南牛头山⑯，事威大师⑰。

【作者简介】

　　李华（715—774），字遐叔，赵州赞皇（今属河北）人。开元二十三年（735）进士及第。天宝年间（742—755）累官至礼部、吏部二员外郎。安史乱中，受伪职，贬杭州（今属浙江）司户参军。官终检校吏部员外郎。工文，为唐代著名散文家。两《唐书》有传。

本文是李华为玄素写的墓碑铭。径山,在浙江余杭,为天目山东北峰,有路径通天目山,故名。唐代禅宗高僧法钦(713—792)曾居于此山。卒,赐谥大觉。本文所谓"径山大师"是指法钦之师玄素(668—752)。玄素事迹见本文所载。文章节选自《唐文粹》卷六十四,个别文字参《全唐文》卷三百二十所载。

【注释】

① 延陵:古县名,属润州。北宋时废县为镇。

② 崇高绍兴于法位:在佛教界中具有继承和兴盛佛法的崇高地位。

③ 胄绪不系于人间:不是人间贵胄的后裔,即出身于平民之家。胄绪,贵族的世绪。

④ 娠:怀胎。

⑤ 长至:农历夏至或冬至的别称。

⑥ 诞弥仁尊:意指玄素生日满月。诞弥,生日满月。仁尊,对玄素的尊称。

⑦ 异样:不同寻常的祥瑞之相。

⑧ 乳育:喂奶抚育。

⑨ 既龀:年满八岁。旧时男孩八岁为龀。

⑩ 稽首:叩拜,叩求。

⑪ 法门:佛门。

⑫ 如意:唐武后年号(692),该年玄素已二十四岁。

⑬ 剃度:佛教信徒剃去头发,接受戒条的仪式,即剃发出家为僧人。

⑭ 隶:隶属。

⑮ 江宁:今南京。

⑯ 南牛头山:即牛首山,在今南京西南,双峰角立,形如牛首,故名。

⑰ 威大师:指唐代禅宗高僧智威(655—722)。

（前略）开元中，本寺⑱僧法密请至京口，润州刺史韦铣⑲洒扫鹤林，兹焉供养。有屠者恣忍⑳，积骸㉑如山。闻大师尊名，来仰真范㉒，忽自感悟，忏悔求哀。大师受之。又白言："和尚大悲，当应我供。"大师衲衣跏趺㉓，未尝出户。公侯稽首，不为动摇。至是，如其恳乞，忻然降诣。夫盗隐其罪，虎慈其子，仁与不仁，皆同佛性。不生不灭，无去无来。今浊流一澄，清水立现。诸佛所度，我亦度之㉔。

天宝中，扬州僧希玄密请至广陵。便风㉕驰帆，白光引棹。楚人相庆，佛日㉖渡江，梁宋齐鲁㉗，倾都㉘来会。津塞途盈，人无立位。解衣投施，积若丘陵。皆委与所在，行无住舍㉙。礼部尚书李憕㉚时为扬州牧，斋心跪谒，为众唱首。望慈月者，谁不清凉？传百亿明灯，照四维㉛上下。尘沙之数，皆趋佛乘㉜。二州以贪法之心，移牒㉝逾月。均吾喜舍，成汝坚牢㉞，无非道场，还至本处㉟。天宝十一载十一月十一日，中夜坐灭㊱。呜呼！菩提位中六十一夏㊲，父母之生八十五年。赴哀位者㊳，可思量否？至有浮江而奠，望寺而哭。十里花雨，四天香云，幢幡盖网㊴，光蔽日月。以其月二十一日，四众等号㊵捧金身㊶，建塔於黄鹤山西原，像法㊷也。（下略）

【注释】

⑱ 本寺：指鹤林寺。

⑲ 润州刺史韦铣：据《全唐文》卷二六六孙处元的《重修顺佑王庙碑》记载，韦铣在开元元年（713）前后任润州刺史。

⑳ 恣忍：放纵残忍。

㉑ 积骸：指堆积的所杀牲畜的尸骨。

㉒ 真范：真貌。

㉓ 衲衣跏趺：穿着僧衣，双足交迭而坐。跏趺，指佛教中修习禅理者的坐法。

㉔ "夫盗隐其罪"至本节末：仁者与不仁者佛性相同。佛性是永恒无形的，如同澄清了浊流，就能现出清水，感化了不仁的屠夫，就能彰显仁心。众佛都能超度恶人，所以我也要度化这个屠夫。这是作者揣摩玄素所以接受屠夫恳求的想法。

㉕ 便风：顺风。

㉖ 佛日：意为佛法。佛法如太阳，故称佛日。

㉗ 梁宋齐鲁：指河南、山东一带。

㉘ 倾都：倾城，全城。

㉙ 皆委与所在，行无住舍：都交给所在地的人们，走时不拿走，住下来时就施舍给人。

㉚ 礼部尚书李憕：按《唐刺史考》"扬州"，李憕在天宝二载（744）为广陵（今江苏扬州）长史即"扬州牧"。又按两《唐书·忠义传》，李憕官终礼部尚书。本文写于李憕去世以后，故以李憕最后官职称呼他。

㉛ 四维：指东南、西南、东北、西北四角。此处四维意同四方。

㉜ 佛乘：佛法。乘，佛教教法。

㉝ 移牒：不相统属的官署之间传送公文。

㉞ 均吾喜舍，成汝坚牢：都是我乐于施舍的，所以成全你们（指信徒）的坚决请求。

㉟ 本处：指润州鹤林寺。

㊱ 坐灭：即坐化。端坐而逝。

㊲ 菩提位中六十一夏：成为僧人以来共有六十一年。菩提位，居于明辨善恶、觉悟真理的地位，指出家为僧。夏，即夏腊，指僧人出家的年数。

㊳ 赴哀位者：前来哀悼的人。

㊴ 幢幡盖网：经幢如盖，幡旗如网，形容经幢、佛幡很多。

㊵ 号（háo）：大哭。

㊶ 金身：佛身。这里指玄素尸身。

㊷ 像法：佛法。本句意为遵照佛门的教义。

【品析】

在南山文化中，佛教文化占有重要地位。它与隐逸文化、山林景观文化等同为南山文化的重要组成部分。而鹤林寺及其前身竹林寺，则是南山佛教文化的核心所在。如果说六朝时期的竹林寺、招隐寺代表着南山佛教文化的肇始，那么唐代禅宗高僧昙璀的入主夹山竹林寺，玄素的入主鹤林寺，以及律宗高僧朗然的入主招隐寺，则代表着南山佛教文化的兴盛。而玄素，这位唐代润州籍禅宗高僧的进驻，则在南山佛教文化的兴盛和发展中影响尤著。正如《至顺镇江志》卷九"鹤林寺"所说："唐开元间始为禅寺，僧元（玄）素尝主焉。"玄素是使鹤林寺成为禅宗名寺的关键人物。由于本编昙璀的传记为北宋初年所著，晚于李华写的玄素的传记，所以虽然昙璀是在玄素之前，但这里先举玄素的传记。

本文作者李华晚年成为佛教信徒，他怀着虔诚的心情叙写玄素的事迹及自己的感想。节选部分主要写玄素入驻鹤林寺以后的情况，通过描写玄素不接受"公侯"的叩求却接受屠者的恳乞，加上作者的议论，突出他"仁与不仁，皆同佛性""诸佛所度，我亦度之"的普度众生的精神；又通过描写润、扬两地的争请，以及玄素死后人们的哀悼，突出玄素的影响之大。铺写之中又加以夸张、渲染等手法，显得形象生动，具有文学色彩。《唐文粹》选录此文。

奉陪韦润州游鹤林寺

唐·李嘉祐

野寺江城近，双旌五马过。

禅心超忍辱，梵语问多罗。

松竹闲僧老，云烟晚日和。

寒塘归路转，清磬隔微波。

【作者简介】

　　李嘉祐（生卒年不详），字从一，赵州（今河北赵县）人。天宝七载（748）进士及第。授秘书正字。唐肃宗时，贬鄱阳（今属江西）县令，移江阴（今属江苏）县令。后迁台、袁二州刺史。工诗，有时名。《唐才子传》有传。

韦润州，当指韦元甫，曾任御史中丞。据《唐刺史考》"润州"载，约宝应元年（762）至广德二年（764）韦元甫为润州刺史。又据唐代李华《润州天乡寺故大德云禅师碑》记载，韦元甫佞佛。

【注释】

双旌五马：汉代太守出行时，驾五马，立双旌。这里借指刺史（地位相当于太守），即"韦润州"。

禅心：佛教清净寂定的心境。

超忍辱：远离一切外界困辱。佛教称能忍受一切外界耻辱和灾难为"忍辱"。

清 / 张釜 / 鹤林

梵语：原指古印度书面语言，佛经中多用此语言和文字，故梵语亦指佛教用语。

多罗：树名，树叶可写佛经。这里指佛经。

清磬：清晰的钟磬声。

【品析】

　　这首五言律诗当作于唐肃宗宝应元年（762）秋，当时李嘉祐因逃避浙东袁晁起义军的动乱，曾来到润州，因而陪润州刺史韦元甫同游鹤林寺。《全唐诗》另载有皇甫冉《奉陪韦中丞使君游鹤林寺》，诗中也有"寒磬"等语，时令相同，诗意相合，当是同时所作。可见皇甫冉也是此次陪游者之一。其诗可参看。

　　这首诗写的是诗人陪韦元甫游招隐寺的情况。开头两句先交代润州刺史韦元甫出游至野外的鹤林寺。三四句称赞韦元甫，说他有"禅心"，能超脱尘世的困辱，来寻访鹤林寺，并且精通佛经，能用"梵语"询问佛经。五六句写寺中所见，松竹环抱的鹤林寺中住着清闲的老僧，云烟映着夕阳，天色渐晚。这是一种清幽安闲的景象。最后两句写归去的情况，在归去途中转过带有寒意的池塘边，仍然可以听到鹤林寺中晚祷的钟磬声远远地隔着池水传过来。这两句既点出游寺的时令在深秋初冬之间，又点明归去时间，并形象地写出了此次出游给人们所留下的美妙感受和依依不舍的心情。全诗文词省净，层次清晰，前四句主要叙事，突出对韦元甫的称颂；后四句主要写景，含蓄表现了游寺心情。这两方面自然地融合在一起，可谓景中含情，情景相生。唐代高仲武《中兴间气集》"李嘉祐"评此诗："'禅心超忍辱，梵语问多罗'，设使许询更出，孙绰复生，穷极笔力，未到此境。"（按：许询、孙绰是东晋诗人，善写玄言诗）明代邢昉《唐风定》卷十四评此诗："庄雅。筋骨不浮，气格尚存也。"

　　按：《至顺镇江志》卷九"鹤林寺"："唐开元间始为禅寺，僧元素尝主焉。"元素即玄素。《大宋高僧传》卷九"习禅篇"《唐润州幽棲寺玄素传》："开元年中，僧注（法）密请至京口，郡牧韦铣屈居鹤林，四部归诚，充塞寺宇。"自此，鹤林寺成为"禅宗"名寺。所以李嘉祐诗中有"禅心"等语。

秋晚招隐寺东峰茶宴送内弟阎伯均归江州

唐·李嘉祐

万畦新稻傍山村，
数里深松到寺门。
幸有香茶留稚子，
不堪秋草送王孙。
烟尘怨别惟愁隔，
井邑萧条谁忍论？
莫怪临歧独垂泪，
魏舒偏念外家恩。

【解题】

茶宴，以饮茶为主的宴会。内弟，指表弟，舅父的儿子。阎伯均，事迹不详。江州，唐州名，州治在浔阳（今江西九江）。

【注释】

万畦（qí）：上万行土地，意为很多亩地。畦，有土埂隔开成长行的田地。

幸有香茶留稚子，不堪秋草送王孙：幸亏有茶宴能够暂时挽留住行人，但是不能承受在秋天草木萧瑟之时送别行人的痛苦。稚子，贵胄子弟；王孙，公子，对人的敬称。这里都是指阎伯均。

烟尘怨别惟愁隔：由于战乱，人们哀怨离别，惟恐被分隔两地，不能见面。烟尘，战乱。

井邑萧条谁忍论：谁忍心说城乡萧条的事情呢？井邑，城乡。

临歧：临别。

魏舒偏念外家恩：我像魏舒一样特别感念舅父家的恩惠。魏舒（209—290），西晋人，晋武帝时为司徒，家无余财。少孤，抚养于舅父家。外家，舅父家。

【品析】

这篇七言律诗当是作于宝应元年（762）秋。皇甫冉有《招隐寺送阎判官还江州》诗，所送当为同一人，可参看。当时，安史之乱尚未平定，唐王朝正处在战乱之中。

诗写在招隐寺送别内弟回江州的情况和心情。前四句叙事。诗一开始就突出前往招隐寺途中所见"万畦新稻傍山村"，描写秋日南郊田野丰收在望的美好景色，暗示送别时间是在秋天。然后再以"数里深松到寺门"，写山行情况，点出送行地点是在招隐寺。"深松"显示招隐山中环境幽静。第三句写在招隐寺中设"茶宴"送别行人。"幸"字从希望留住行人反衬出不忍离别的心情。"稚子"则点出所送之人。第四句化用《楚辞·招隐士》"王孙游兮不归，春草生兮萋萋"句意，换"春草"为"秋草"，以"秋草"广远而萧瑟，突出送别时间和气氛，烘托愁苦之情，再用"不堪"突出愁苦别情的沉重深长，在叙事之中自然引出抒写送别之情，转入下层。后面承接此意，抒发远别之情，揭示诗人特别哀怨的原因。五六句从社会现实说，是由于战乱使得社会萧条不安，人们忧伤、畏惧离别，这就揭示了特别愁苦的社会根源。七八句从私人关系说，运用"魏舒"的典故，说明由于远行者是"内弟"，而且过去受到他家的抚养恩惠，所以关系特别密切，感情特别深厚，对送别也就特别伤心，"独垂泪"突出了这种感情。从皇甫冉也有送别诗看，当时送别的并非作者一个人，别人与阎伯均的关系一般，不同于作者，所以他"独垂泪"。这就揭示了独悲的个人原因，点出了题目"内弟"二字。全诗围绕中心，层层展开，逐步深入，抒发送别内弟的悲伤心情，并且把感伤离别与感伤社会现实结合在一起，写得真切感人而又文辞典丽流畅，有较多的社会现实内容，在感情和文字方面都比皇甫冉的《招隐寺送阎判官还江州》要好。

从古人所作南山诗的情况看，这首诗也有独到之处。它在开头就以"万畦新稻傍山村"绘写了南山地区农田开阔平坦的景况，这在现存唐人润州南山诗中是仅有的，在现存古代镇江南山诗中也不多见，对于了解古代南山的自然状况有认识意义。不但如此，诗人在诗中又以"烟尘"两句反映了送别时的社会现实，这又是现存唐人润州南山诗中所仅见，也是现存古代南山诗中较早出现的情况，对于反映南山诗与社会之间的联系，以及丰富南山诗的社会现实内容，也有深刻意义。

春晚游鹤林寺寄使府诸公

唐·李端

野寺寻春花已迟，
背岩惟有两三枝。
明朝携酒犹堪醉，
为报春风且莫吹。

【作者简介】

李端（生卒年不详），字正己，赵州（今河北赵县）人。大历五年（770）进士及第。授秘书省校书郎。因体弱多病，辞官居终南山。后移疾江南，授杭州司马而卒。工诗，大历年间（766—779）与钱起、卢纶等诗歌酬和，驰名京都，称"大历十才子"。两《唐书》有传。

【解题】

此篇选自《全唐诗》卷二百八十六。《全唐诗》卷四百七十七又作李涉诗，然李涉时期浙西观察使治所就在润州，李涉无需"寄"诗，故当作李端诗。使府，指当时治所在苏州的浙西观察使幕府。

【注释】

野寺：指鹤林寺，因为它在野外，所以称为野寺。

背岩：山岩北面背日之处。

堪醉：能够供人欣赏，助人酒兴。

为报春风且莫吹：替我告知春风，叫它暂且不要吹落花朵，使人无花可赏。

【品析】

这首七言绝句大约是大历后期李端称疾江南游润州时作，具体时间难以确知。首句叩题，"迟"既是说诗人自己这次寻春赏花已经嫌迟，又是说寺中春花已开放到了晚期。第二句诗意一转，说寺中背岩之处由于照不到太阳，花开较晚，所以还有"两三枝"不多的春花开放着，可以供人欣赏。这就给失望中的诗人带来了希望。他游兴不减，所以决定"明朝"带酒再来寺中赏花。但他又恐春风在夜间把剩余的花朵吹落，所以忽发奇想，想要托人转告春风，请它不要吹落仅剩的"两三枝"鲜花。这里诗人把春风当作人来写，表达了他的美好愿望。诗人面对"春晚"，不是伤春叹暮，悲观消极，而是满怀希望，有所作为，表现了诗人豁达的襟怀和积极的人生态度。在艺术上，全诗想象奇妙，文辞畅达，在抑扬起伏之间突现了作者俊放潇洒的情致。

唐代鹤林寺以木兰和杜鹃闻名于世，每到春日，游人如织。从李端此诗可以看出，早在大历时期，就有游人到寺中赏花的风习。可能李端所要观赏的也正是木兰和杜鹃。

题鹤林寺僧舍

唐·李涉

终日昏昏醉梦间，
忽闻春尽强登山。
因过竹院逢僧话，
偷得浮生半日闲。

【作者简介】

　　李涉（773前—826后），自号清溪子，洛阳（今属河南）人。早年隐居于庐山和嵩山。元和六年（811）由太子通事舍人贬峡州（今湖北宜昌一带）司仓参军。元和年间（806—820）、长庆年间（821—824）游润州。宝历年间（825—826）为太学博士，后受牵累流放康州（今广东德庆一带）。工诗，有时名。《唐才子传》等有传。

【注释】

过竹院：寻访鹤林寺。竹院，指鹤林寺。唐代鹤林寺又称古竹院。

偷得：抽时间而获得。

浮生：短暂、虚幻、不定的人生。古人认为生命短暂，世事无常，如水之浮动，所以称人生为浮生。

【品析】

这首七言绝句为唐诗名篇，《唐诗品汇》等都曾选录。是李涉在元和、长庆年间游润州时所作。

这首诗的成功之处，在于它构思巧妙、语短意深、富于"理趣"。诗人叙述游鹤林寺，不是按照一般写法，写其景观之类，而是别出心裁，写春天游寺的偶遇以及因此而获得的心灵感悟。

首句写游寺前的情况。"终日昏昏"如醉如梦，既是由于时届春暮，精神困倦，更是由于忙忙碌碌，心情苦闷。这就显示了诗人仕途失意，碌碌无为的境遇，以及感叹浮生若梦的思想感情。从艺术手法说，它是反衬或反跌下文，以突出感悟。次句写游寺原因。"忽闻"显示平日很忙，不知春天已到，但不想辜负大好春光，所以在得知"春尽"之时强打精神，游览山林，观赏春色。从结构说，这一句是承上启下。第三句写寻访"竹院"即鹤林寺所遇，突出"逢僧话"这件事，即遇到寺中的僧人，相互交谈。两人所谈自然与俗务无关，而是佛教中有关"浮生"的事理。最后一句就写"逢僧话"而获得的精神收获。"半日闲"既是实写，而"半日"表示时间之短暂（甚至没有一整天），"闲"与"终日"的忙碌相对照，又突出了"半日闲"的珍贵、难得，表现出作者领悟到"闲"中的理趣，从而突出了鹤林寺这一佛教胜地清幽闲逸的境界，表示赞美、向往的心情。诗人用一个"闲"字突出他的感悟，全诗都围绕这个"闲"字落笔，中心突出，结构巧妙，语短意深，别具特色。正因此，这首诗脍炙人口。宋计有功《唐诗纪事》"李涉"中就提到"李涉镇江鹤林寺，有坡诗同刻"。而《删补唐诗选脉笺释会通评林》引徐用吾语称："实情近语，甜淡可人。"

从南山文化的角度看，这首诗还有一个值得注意的地方，那就是它较早地展现了南山文化中包含的休闲文化元素。这种休闲文化是与山林文化、隐逸文化、佛教文化以及文学艺术相关联的修养身心的文化。因此，如何从积极方面来理解这首诗"偷闲"的寓意，对于挖掘和发扬南山文化中的休闲文化，是有启迪意义的。

032 诗文南山 ShiWen NanShan

夏游招隐寺暴雨晚晴

唐·李正封

竹柏风雨过，萧疏台殿凉。

石渠泻奔溜，金刹照颓阳。

鹤去岩烟碧，鹿鸣涧草香。

山僧引清梵，幡盖绕回廊。

【作者简介】

　　李正封（生卒年不详），字中护，京兆三原（今属陕西）人。元和二年（807）进士及第。次年，登贤良方正能直言极谏科。历任监察御史等。大和年间（827—835）官至中书舍人。能诗，善于写景，有诗名。事迹见《唐诗纪事》等。

【注释】

奔溜：奔泻的水流。溜，水流。

金刹：金黄色的佛寺。

颓阳：落下的太阳。颓，落下。

引清梵：拖长了诵佛经的声音。清梵，寺庙僧人诵经的声音。

幡盖：寺庙中的佛幡幢盖。

【品析】

这首五言律诗写作时间不详。它写的是夏天暴雨过后晚晴时招隐寺一带的美景。这样的题材在咏写招隐寺以至南山风景的诗中很罕见，自具特色。首两句写风雨过后"竹柏"和"台殿"的景象，竹柏萧疏，而台殿"凉"爽。"萧疏"可见风雨之"暴"，暗点题目中的"暴雨"，"凉"字暗点题目中的"夏""雨"。盛夏能够享受到如此清凉，令人心情愉悦。三四句写山中渠水奔泻，天边夕阳返照；五六句写高处鹤飞烟碧，低处鹿鸣草香。这四句从不同角度铺写招隐寺周边"暴雨晚晴"的美景，一派生机。最后两句转回到寺内之景，写"寺僧"日暮诵经，声音悠长清亮，殿前佛幡环绕，景象庄严、热烈，可见"暴雨"并未影响佛寺正常的活动。全诗叩住题目，层层铺写，有色有光，有声有味，清新优美，一派生机，烘托出作者闲适、舒畅、愉悦的心情和感受，表现出作者善于写景的才华和功力。《唐诗纪事》《唐诗品汇》等曾选录本诗。

望鹤林寺

唐·李绅

鹤栖峰下青莲宇，花发江城世界春。

红照日高殷夺火，紫凝霞曙莹销尘。

每思载酒悲前事，欲问题诗想旧身。

自叹秋风劳物役，白头拘束一闲人。

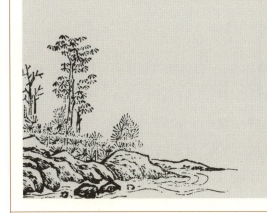

【作者简介】

　　李绅（772—846），字公垂，亳州（今属安徽）人。早年居于无锡（今属江苏）。元和元年（806）进士及第。应李锜所辟，为浙西节度使掌书记。次年，因反对李锜叛乱，被拘入狱。乱平方出。累官至宣武军节度使。会昌二年（842）拜中书侍郎、同中书门下平章事。罢为淮南节度使，卒。工诗，有时名。两《唐书》有传。

【解题】

此诗题下有序，全文是："仍岁往来牵迫，皆不得往。元和初，在故度支尚书兄宾府，多因闲暇，经游此寺。寺内有木兰、杜鹃繁茂。人言至今犹未衰歇。""故度支尚书兄宾府"，指浙西节度使李锜幕府，因李锜兼诸道盐铁转运使，李绅与之同姓，故称之。

【注释】

鹤栖峰：指黄鹤山。

青莲宇：僧寺。指鹤林寺。

世界：佛教中指宇宙。

物役：为人事所牵累。

【品析】

李绅在大和七年（833）闰七月以太子宾客出任越州（治地今浙江绍兴）刺史，大和九年（835）五月罢为太子宾客。这首七言律诗很可能是大和七年（833）秋天李绅赴越州经润州时所作。当时作者已六十一岁，所以有"秋风""白头"之叹。

诗的开头两句描写鹤林寺之花景。"花发江城世界春"既是说寺中的花在春天开放，又突出花之繁盛、鲜艳，以致整个"世界"都充满春意。三四句尤为出色，从花的颜色落笔，具体渲染木兰花、杜鹃花之鲜艳动人。"红照日高殿夺火"写杜鹃花如高照的红日，其红色压倒了火焰。"紫凝霞曙莹销尘"写木兰花如清晨凝聚的紫霞，其晶莹光色仿佛可以销熔尘土。五六句作者回忆往日到鹤林寺观赏木兰、杜鹃，饮酒题诗的情况，抒发悲伤和感慨。最后两句自叹年纪老大，受做官拘束，想做"闲人"再到鹤林寺一游已经不可能了，只能在城中遥望，点明题目，并点明作诗的时间是秋天。

李绅诗歌大多抒怀感事，语言风格明白晓畅，律诗注重遣词炼字，用典对仗，手法灵活，声韵和谐。这首诗也体现了这些特点。"红照"一联写木兰、杜鹃光艳照人，色彩鲜明，比喻而兼夸张，形象生动，尤为出色。

李绅此诗是现存的最早明确咏写杜鹃花的诗篇。如果说我们今天所见关于唐代贞元年间鹤林寺杜鹃花的情况，都是出于后人的记载，那么李绅所写的这首诗则是以亲历者身份印证了有关唐代鹤林寺杜鹃花的记载。从这点说，此诗的文献价值也是不容忽视的。

南山杜鹃

招隐山观玉蕊树戏书即事奉寄江西沈大夫阁老

唐·李德裕

玉蕊天中树，金闺昔共窥。

落英闲舞雪，密叶乍低帷。

旧赏烟霄远，前欢岁月移。

今来想颜色，还似忆琼枝。

【作者简介】

李德裕（787—849），字文饶，赵州（今属河北）人。唐代著名的政治家、文学家。唐宪宗宰相李吉甫之子。以"门荫"入仕，补校书郎。唐穆宗时官至翰林学士。长庆二年（822）至大和三年（829）为润州刺史。此后又曾两次任润州刺史。大和七年（833）为宰相。唐武宗会昌年间(841—846)再次为宰相。唐宣宗大中元年（847）贬官。大中三年（849）卒于贬所。两《唐书》有传。

【解题】

此诗题下有自注："此树吴人不识，因予尝玩，乃得此名。"可见南山玉蕊树是因李德裕赏玩而得名的。玉蕊树，相传为唐玄宗之女唐昌公主所植。关于此树的具体情况，《至顺镇江志》卷四引宋人周必大《玉蕊辩证》跋语有具体描述及考证，又引元代龚子中诗说，元代镇江乾元万寿宫前曾自招隐山移植玉蕊树于花圃。题目中"戏书"是谦称所作诗是随意写成。"即事"意为就当前事物（指玉蕊树）为题材写诗。"江西沈大夫阁老"指大和二年（828）至大和四年（830）任江西观察使的沈传师（777—835）。唐代中书省、尚书省官员之间互称"阁老"。李、沈二人曾同时为翰林学士，都有中书舍人头衔，所以李德裕根据在朝廷的关系称沈为"阁老"。沈传师有《和李德裕观玉蕊花见怀之作》，可参看。

【注释】

天中：这里指宫中。

金闱：宫禁之中。这里指翰林学士官署。当时该官署为"内署"，设于宫廷之中。

密叶乍低帷：此句下作者自注："内署沈大夫门前有此树。每花落，空中回旋久之，方集庭际。大夫草诏之月，皆邀予同玩。"沈传师曾有"御史大夫"头衔，所以李德裕称之为"沈大夫"。

旧赏：指过去共同欣赏的玉蕊树。

前欢岁月移：从前的欢乐因岁月迁移而改变。

颜色：指玉蕊树的形貌。

【品析】

这首五言律诗当作于春天。由于沈传师大和二年（828）十月才任江西观察使，而李德裕大和三年（829）九月调离润州，所以这首五言律诗只能作于大和三年春。诗的前四句回忆往年与沈传师同在"内署"观赏玉蕊树的情景。花落之时，花瓣如同雪花一样悠闲地飞舞；花落之后，浓密的枝叶突然如同低垂的帷幕。诗人通过这些细致的描写渲染了玉蕊花的轻盈、洁白，枝叶的浓密、绵长，烘托了观赏者的悠闲、喜悦心情。"旧赏烟霄远，新欢岁月移"两句抒发作者远离朝廷，对时移事迁的感慨：往日所观赏的宫中玉蕊树已如烟霄之远，从前的欢乐也已改变。唐朝人以做京官为荣，以做地方官为失意，所以作者有此感慨。最后两句抒写怀念宫中生活和怀念友人的感情。"颜色""琼枝"，语意双关，既指玉蕊树，又指沈传师，巧妙地表达了作者的怀念之情。李德裕论文主张不拘形式，自然抒写，意尽而止。这首诗抒情自然真实，文辞平淡清雅，手法巧妙妥帖，体现了他的文学思想。

清 / 张釜 / 山水图

题招隐寺

唐·张祜

千年戴颙宅，佛庙此崇修。
古井人名在，清泉鹿迹幽。
竹光寒闭院，山影夜藏楼。
未得高僧旨，烟霞空暂游。

【作者简介】

　　张祜（约789—约853），字承吉，邓州南阳（今属河南）人，早年居苏州（今属江苏）。元和二年(807)起，北上干谒诸侯，无所成就。大和四年（830）被推荐献诗于朝廷，亦失意而归。晚年隐居丹阳，常往来于丹阳与润州之间，以布衣而终，葬于丹阳。工诗，善于题咏。《题金陵津》《题金山寺》等都是唐人题咏名篇。《唐才子传》等有传。

崇修：高崇而美好。

清泉：指鹿跑泉，在招隐寺东南面。《至顺镇江志》卷七"鹿跑泉"引《润州类集》称："唐学士蒋防为《鹿跑泉铭》。"但《全唐文》等未载蒋防之铭，其铭当已亡佚。

【品析】

　　这首五言律诗是现存唐代最早正面涉及鹿跑泉的诗篇。开头两句总写。"千年"突出招隐寺的历史悠久，"佛庙"点明寺的性质。"崇修"概括了招隐寺的高崇、美好。中间四句铺写寺"古"、泉"幽"、竹多、山高、院"闲"、楼"藏"，突出了寺的清静、幽美。最后两句谦称自己游山访寺收获不大，既突出招隐寺"烟霞"之美，又反衬出招隐寺僧人佛理之高深，寓赞叹之意。全诗结构平正，用词妥帖，语意晓畅。在张祜题咏诗中，虽不及《题金陵津》等出色和知名，但也不失为较佳篇章。而诗中反映的招隐寺的建筑和环境，对于了解它当时的情况，具有一定的认识价值。

山水清音池

鹤林寺中秋夜玩月

唐·许浑

待月东林月正圆，广庭无树草无烟。

中秋云尽出沧海，半夜露寒当碧天。

轮彩渐移金殿外，镜光犹挂玉楼前。

莫辞达曙殷勤望，一堕西岩又隔年。

【作者简介】

许浑（约787—约854），字用晦，一作仲晦。祖籍安州安陆（今属湖北）。曾寓居润州丹阳。大和六年（832）进士及第。开成年间（836—840）授当涂（今属安徽）县尉，摄当涂、太平（今属安徽）二县令。会昌年间（841—846）移居润州丁卯涧村。大中七年（853）授睦州（今属浙江建德）刺史。次年任郢州（今属湖北京山）刺史。工诗，有时名。《唐才子传》有传。

【解题】

诗题一作《八月十五夜宿鹤林寺玩月》。玩月,赏月。

【注释】

东林:佛寺。这里指鹤林寺。

金殿:金色的殿堂。这里当指鹤林寺的殿堂。

玉楼:富贵人家的住宅。

达曙:到拂晓月落之时。

【品析】

许浑寓居润州期间,曾不止一次游南山。他另有《竹林寺别友人》,则是另一次与友人同游南山时所作。而这首七言律诗是他中秋之夜宿于鹤林寺赏月时所作。现存唐诗中咏写中秋之夜南山美景的唯见此篇,唐以后咏写南山中秋月夜美景的诗也很罕见,而这首诗又堪称佳作。因此,可以说它是古代写镇江南山中秋月夜诗的绝唱。诗中所写南山中秋月夜之美,令人神往。

前人咏鹤林寺,大多咏僧、寺、寺花之类,许浑此诗独咏寺中赏月,可谓题材独特、别开生面。全诗铺写了在鹤林寺赏月的整个过程。诗的前二句写"待月",从地点、时间、天气三方面落笔叩题。佛寺清净,视野开阔,天气清朗,明月满轮,都是望月的有利条件。中间四句写"玩月",从"云净"月出,"半夜"当空,月轮"渐移","镜光"西映,描写了明月运行的悠徐舒缓,月光映照的美妙皎洁,既烘托出望月者赏月的真切感受、悠闲情态和美好心境,又表现出时间的变化。最后两句表示要玩赏到拂晓月落以后,突出了中秋之月的难得和魅力,表现了月色美好和赏月者依依不舍的微妙心情。全诗层次清晰,善于变化,文辞清丽,声韵圆畅,写景生动,意境优美。清代汪师韩《诗学纂闻》称此诗:"八句次第写尽达旦之景,此唐律所以胜于后人。"

竹林寺别友人

唐·许浑

骚人吟罢起乡愁，暗觉年光似水流。

花满楚城伤共别，蝉鸣萧寺喜同游。

前山月落杉松晓，深夜风清枕簟秋。

明日分襟又何处，江南江北路悠悠。

【解题】

　　诗题一作《竹林寺与德玄别》或《竹林寺别李玄》，"德玄"或"李玄"事迹不详。据《大宋高僧传·唐润州竹林寺昙璀传》，唐代南山已有与鹤林寺旧名相同的新竹林寺，从许浑《鹤林寺中秋夜玩月》称原竹林寺为"鹤林寺"看，此诗诗题之"竹林寺"当是新建之竹林寺，并非指鹤林寺。

骚人：诗人。这里指"友人"，称赞他会写诗。

起乡愁：引起了思念家乡的愁苦心情。

暗觉年光似水流：感到两人相聚的时间如水一样很快地暗中流逝了。

楚城：楚地之城，指润州。

萧寺：佛寺。相传南朝梁萧子云书写梁武帝所造佛寺为萧寺，故后世称佛寺为萧寺。

枕簟秋：竹制的枕席显示出秋天的凉意。

分襟：离别。

【品析】

　　这首五律是许浑写春天在润州竹林寺送别友人，抒写与友人离别的愁苦心情，具体写作时间不详。首两句写送别友人的原因，以及诗人和友人的感慨，领起全篇。明明是友人因思乡而吟诗抒愁，第一句却写成他因吟诗而生乡愁，既委婉点出了友人离去的原因，又称赞友人会写诗，显得曲折有致。第二句既是写友人感到两人相聚的时光过得太快，又是写诗人自己有同样的感受，突出了双方相聚可贵、欢乐短暂，友情深挚而时光短促，不得不离别的感慨。中间四句回顾相聚同游的情况。第三句承接上文，具体写离别时间是"花满"之时即春天，离别地点是"楚城"即润州，离别心情是"共""伤"即彼此都悲伤离别。第四句语意一转，追忆二人在夏秋"蝉鸣"之时，同游"楚城""萧寺"(当也包括竹林寺)的喜悦心情，与上句之"伤"形成强烈对照。这两句是用倒叙的手法突出了离别之悲。五六句承接"喜同游"，进一步回忆相聚在月明风清之秋夜"同游"到月落天晓，再用倒叙手法突出彻夜同游之乐。最后两句承接第三句"伤共别"，想象"明日"分手之后，自己在"江南"，而友人不知已远到"江北"何处，离情相牵，两地相思，突出了离别的感伤心情。全诗紧紧围绕"别友人"这个主题，叙事和抒情、写景相结合，运用对比、映衬、曲折等手法，顺叙和倒叙相结合的方法，流利畅达的文辞，抒发"伤共别"的离情，显得曲折有致，生动感人。

殷七七（节选）

南唐·沈汾

殷七七，名天祥，又名道筌，尝自称七七，俗多呼之，不知何所①人也。游行②天下，人言久见之，不测其年寿。面光白，若四十许③人。到处或易其姓名不定。

（中略）周宝④旧于长安识之，寻为泾原节度使，延之礼重，慕其道术房中之事⑤。及宝移镇浙西，数年后，七七忽到，复卖药。宝闻之惊喜，召之。师敬益甚。每日醉歌曰："琴弹碧玉调，药炼白朱砂。解醒顷刻酒⑥，能开非时花⑦。"宝常试之，悉有验。复求种瓜钓鱼⑧，若葛仙翁⑨也。

【作者简介】

沈汾（生卒年不详），一作沈玢。南唐时曾任溧水县令。撰有《续仙传》（一作《续神仙传》）三卷，今传。

【解题】

殷七七，唐末五代法术之士，名天祥，其事迹见文章所叙。本篇节选自《续仙传》

卷下，个别文字参考了《太平广记》卷五十二《殷天祥》。

【注释】

① 何所：什么地方。

② 游行：行走。

③ 四十许：四十多岁。许，多。

④ 周宝（813—887）：字上珪，平州卢龙（今属河北）人。乾符年间（874—879）任泾原节度使，迁润州刺史、镇海军节度使。

⑤ 房中之事：古代方士所说房中节欲、养生保气之事。房中，原作"还元"，据《太平广记》改。

⑥ 解醖顷刻酒：会在顷刻间醖出酒水。

⑦ 能开非时花：能使花不按时令开放。

⑧ 种瓜钓鱼：魔术名称。

⑨ 葛仙翁：指三国时期的葛云（164—244）。传说他会道术，成为仙人，道教尊为葛仙翁。

　　鹤林寺杜鹃，高丈余。每春末，花烂漫。寺僧相传，言贞元中有外国僧自天台⑩来，钵盂⑪中以药养其根来种之。自后构饰⑫，花院锁闭。时或⑬窥见三女子，红裳艳丽，共游树下。人有辄采花折枝者，必为所祟⑭。俗传女子花神也，是以人共宝惜，故繁盛异于常花。其花欲开，探报分数⑮。节使宾僚⑯官属继日赏玩。其后一城士女，四方之人，无不载酒乐游纵。连春入夏，自旦及昏，闾里⑰之间，殆于废业⑱。

　　宝一日谓七七曰："鹤林之花，天下奇绝，常闻⑲'能开非时花'，此花可开否？"七七曰："可也。"宝曰："今重九将近，能副^⑳此日乎？"七七乃前二日往鹤林宿焉。中夜，女子来谓七七曰："道者欲开此花邪？"七七乃问女子何人，深夜到此。女子曰："妾为上玄^㉑所命，下司此花。然此花在人间已逾百年，非久即归阆苑^㉒去。今与道者共开之。非道者无以感妾。"于是女子瞥然^㉓不见。来日晨起，寺僧忽讶花渐开蕊。及九日，烂漫如春。乃以闻。宝与一城士庶惊异之，游赏复如春夏间。数日，花俄^㉔不见，亦无落花在地。

（中略）七七，刘浩军变^㉕之时，在甘露寺为众推落北崖，谓坠江死矣。其后人见在江西。十余年，卖药入蜀，莫知所之。鹤林犯兵火焚寺，树失根株，信归阆苑矣。

【注释】

⑩ 天台：山名，在今浙江。

⑪ 钵盂：僧人盛放饮食等的圆口器具。

⑫ 构饰：构建、装饰。

⑬ 时或：有时。

⑭ 祟（suì）：人们想象中的鬼怪祸害人。

⑮ 探报分数：打探报告开花的具体情况。

⑯ 节使宾僚：节度使及其宾客幕僚。

⑰ 闾里：这里泛指民间。

⑱ 废业：停止劳作。

⑲ 常闻：曾听说。常，通"尝"。

⑳ 副：符合。

㉑ 上玄：上天。

㉒ 阆苑：传说中的神仙住处。

㉓ 瞥然：眼光掠过，一眨眼。

㉔ 俄：不久。

㉕ 刘浩军变：刘浩是周宝的部将，任镇海军将，光启二年（886），刘浩发动兵变，驱赶周宝，大掠财物。

【品析】

这篇文章记叙的是唐末五代法术之士殷七七即殷天祥的事迹。其内容有真有假，传的是奇闻异事，所以实际上是短篇文言小说，属于唐五代传奇。但印证其他文献，鹤林寺自唐贞元年间（785—804）开始，鹤林寺中所栽的杜鹃就很有名，以致花开时节满城官民皆前往观赏，直到唐代末年才毁于战火。这些情况都是符合事实的。至于鹤林神女、花归阆苑之类，则是传说和想象，本身并不是事实，不过是曲折反映了有关事实。

节选的文字主要是记叙殷七七以法术使鹤林寺杜鹃在重阳前后"非时"开花的故事。第一节写殷七七的一般情况和神奇之处，以及他与周宝的关系，交代他到润州的原因，为下文作铺垫。第二节写鹤林寺杜鹃的由来和神奇，以及润州官民赏花的盛况，引出鹤林神女的传说，是杜鹃花故事的正式开端和发展。第三节写殷七七会见鹤林神女，使花在重阳前后"非时"开放，并揭示杜鹃花遭焚毁的原因，交代殷七七的下落，是全篇的高潮和结尾。全篇想象丰富，情节奇异，叙写生动，文词清丽，是一篇比较出色的传奇小说。而文章所写鹤林神女的故事，后来又成为文人作诗的典故。

唐润州竹林寺昙璀传（节选）

北宋·赞宁

　　释昙璀，俗姓顾氏，吴郡①人也。（下略）特受异准②，生而不凡。襁褓之日③而童蒙来求；佩觿之时④而忘身殉道。（下略）遂勉节出尘⑤，栖心物表⑥。金经秘藏⑦，一日万言。不逾岁叙⑧，而大经淹通⑨。遂于晚年缅怀宗匠，始事牛头山融大师⑩（下略）。乃晦迹钟山，断其漏习，养金刚定⑪，趣大能位⑫。纳衣空林，多历年所。

【作者简介】

　　赞宁（919—1001），吴兴德清（今属浙江）人。后唐天成年间（926—929），任吴越两浙僧统。入宋，诏改号通惠。太平兴国七年（982）奉诏修《大宋高僧传》，归杭州。后居京师天寿寺。

【解题】

　　润州竹林寺，光绪《丹徒县志》："夹山在城南六里，竹林寺在山下。"相传该寺始建于东晋。唐时为鹤林寺下院。昙璀，唐代禅宗高僧，事迹见本传。

【注释】

　　① 吴郡：郡名。今苏州。

　　② 异准：奇异的鼻子。

　　③ 襁褓之日：幼小之时。

　　④ 佩觿（xī）之时：能佩戴饰物的童年时期。

　　⑤ 勉节出尘：自勉气节，出家为僧。

　　⑥ 栖心物表：安心于尘世之外。

　　⑦ 金经秘藏（zàng）：《金刚经》及不公开传世的佛教经藏。

　　⑧ 岁叙：即岁序，一年时间。

　　⑨ 大经淹通：精通本教派的主要佛学经典。

　　⑩ 牛头山融大师：指唐代禅宗高僧法融。居金陵牛头山，传禅宗四祖道信之法，创牛头宗。

　　⑪ 养金刚定：入定修炼《金刚经》。定，佛教入定的省称，指静坐敛心，不起杂念。

　　⑫ 趣大能位：品位依从于慧能。趣，通"趋"，依从。大能，指唐代禅宗南宗的创始者慧能（638—713）。位，品位。

　　时淮南导首⑬广陵⑭觉禅师、江左名德⑮建业⑯如法师，咸杖锡方来⑰，降心义体⑱，握珠怀宝⑲，虚往实归⑳。则天皇母临朝㉑，龚行㉒佛事，高其道业，周勤㉓诏书。时栖霞㉔约法师，梵门之秀杰，躬以敦劝朝天㉕，抗诏皇明，恐未然也。璀曰："支伯辞帝舜之师㉖，干木谢文侯之命㉗，玄畅以善论而抗宋主^㉘，惠远不下山而傲齐后^㉙，彼何人哉？"由是遁北皋，逾东岗，考槃云冥^㉚。后止于竹林寺之隩^㉛。葺宇篔缶^㉜而告老焉。

既而，绍列圣之鸿徽，继前贤之能事^㉝，翼亮皇梵，保宁天人^㉞。俄端然入定，七日而灭^㉟，春秋六十二。是岁天授三年^㊱二月六日也。翌日，依天竺法火化，遗骸收灰建塔。士庶含酸，悉皆号恸。门弟子僧感、僧頵等刻石纪事^㊲，奉全师礼^㊳。正议大夫、使持节润州刺史汝南邵升^㊴向风遐想，悦而久之。褒德尚贤^㊵，赞成厥美^㊶焉。

【注释】

⑬ 淮南导首：淮南（今扬州）地区佛教说法或倡导的"导师"的领袖。

⑭ 广陵：今扬州。

⑮ 江左名德：江左（今苏南、皖南、浙北一带）地区德高望重的人。

⑯ 建业：今南京。

⑰ 杖锡方来：一并云游而来。杖锡，手持锡杖，借指僧人云游。

⑱ 降心义体：虚心有礼。

⑲ 握珠怀宝：比喻获得宝贵的东西。

⑳ 虚往实归：指未学而来，学成而归。

㉑ 则天皇母临朝：指唐武则天（624—705）在唐中宗继位后临朝称制。

㉒ 龚行：恭敬传布。

㉓ 周勤：反复殷勤。

㉔ 棲霞：栖霞山。

㉕ 躬以敦劝朝天：亲身敦促劝告昙璀朝见天子。

㉖ 支伯辞帝舜之师：支伯推辞做舜的辅佐的官员。支伯，即子州支伯，传说中尧舜时的贤人。《庄子·让王》说尧和舜先后以天下让于支伯，支伯均予以拒绝。师，即师保，辅导协助帝王的官。

㉗ 干木谢文侯之命：干木拒绝魏文侯的任命。干木，即段干木，战国魏文侯师。《吕氏春秋·期贤》说魏文侯请段干木为相，段干木不肯接受。

㉘ 玄畅以善论而抗宋主：玄畅善于论说，违抗宋文帝的请求。玄畅，南朝高僧。《高僧传·玄畅传》说他善于《三论》。宋文帝请他为太子师，他再三固让。

㉙ 惠远不下山而傲齐后：惠远不下庐山以傲视齐王。按：居庐山之惠远为东晋高僧，与南齐、北齐君主都无关系。此句所说当有误。

㉚ 考槃（pán）云冥：贫困地隐居于深山之中。考槃，《诗经》篇名，讽刺卫庄公使贤者退而穷居。这里借用来作为隐居困处的代称。云冥，云深的山中。

㉛ 陳（yù）：幽深。这里指竹林深处。

㉜ 葺宇篡（guǐ）缶（fǒu）：用草盖屋，用瓦器盛物汲水。篡，盛物瓦器。缶，汲水瓦器。

㉝ 绍列圣之鸿徽，继前贤之能事：继承列代圣僧的大美以及前代贤人的特长。这里指昙璀为竹林寺主持。

㉞ 翼亮皇梵，保宁天人：辅佐光大大寺，安定上天下民。这也是指昙璀入主竹林寺。

㉟ 端然入定，七日而灭：端正地静坐敛心，过了七天去世。

㊱ 天授三年：公元 692 年。天授三年武则天改元如意。

㊲ 刻石纪事：刊刻石碑，撰写纪录昙璀生平事迹的文章。

㊳ 奉全师礼：举行一整套祭奠师长的礼仪，表示祭奠礼仪很隆重。

㊴ 邵升：据《唐刺史考》，邵升在开元（713—741）前期为润州刺史。

㊵ 褒德尚贤：表彰和尊崇贤德之人。

㊶ 赞成厥美：赞助促成这件美事。指为昙璀刻石纪事、参与祭奠等。

【品析】

昙璀是唐代第一位入主竹林寺的禅宗高僧。从记载看，虽然他入主竹林寺的时间并不长，但他的到来对于竹林寺和南山的佛教文化，以至南山文化都是具有重要意义的事情。同时，这篇传记，对于我们了解南山与鹤林寺原名同名的唐代竹林寺的情况，也具有重要的认识意义。

这篇传记，按其内容，可分为三段。第一段记叙昙璀的出身，以及出家和师事法融的经过；第二段记叙昙璀拒绝武则天征诏，逃至竹林寺的经过；第三段记叙昙璀入主竹林寺，不久去世的经过。文章塑造了一位出身世家、一心向佛、精研佛典、不事权贵、不畏皇权、甘于贫贱的高僧形象，表现了他的可贵精神品格。行文骈散结合，流畅生动，颇有文彩；叙事详略分明，围绕表现人物的精神品格而展开；写人，则通过人物形貌、言行、细节以及与他人的对照来突现人物形象。第二段中，昙璀拒绝武后征诏，不听他人劝告，严词反驳，并隐居至竹林寺的一段叙写，尤为生动出色。

清 / 周镐 / 竹林听泉

唐润州招隐寺朗然传（节选）

北宋·赞宁

　　释朗然，俗姓魏。世袭冠冕[1]。其先随东晋南渡[2]，则为南徐人也。开元中入道[3]，受业于丹阳开元寺齐大师[4]。天宝初，受具[5]于杭州华严寺光律师[6]。后徙灵隐寺依远律师，通《四分律钞》[7]。重禀[8]越州昙一律师[9]，精研《律部讲训》，生徒四远响应。

　　肃宗至德二年[10]，恩命举移[11]，隶名于慈和寺[12]。上元[13]中，刺史韦儇[14]又请为招隐统领大德[15]。即以其年讲授之暇著《古今决》十卷，解释《四分律钞》数十万言，繁杂义例，条贯甚明，大行于世。观其先列古人之义，有所不安则判断之，故号《决》也。《决》中自序：初依天竺威律师[16]学习，复从远、一二师也。凡戒坛[17]则二十六登，皆为坛席之主，律钞凡二十八过讲。有馈遗者，随丰薄，受而转施悲信二田[18]。凡于教理，披文究义，皆言宿习[19]之力也。执持戒检[20]，斯须不违[21]。大历十二年[22]冬癸卯[23]，趺坐如常[24]，恬然化灭[25]，时年五十四，僧腊[26]三十五。越十三年春辛酉[27]，建塔于山西原，缞麻之徒[28]泣血[29]千计。（下略）

【解题】

朗然，唐代律宗高僧，事迹见本传。

【注释】

① 世袭冠冕：世代做官。

② 东晋南渡：指东晋初年，北方沦陷，大批难民南逃到长江以南。

③ 入道：佛教用语，出家为僧。

④ 齐大师：事迹不详。大师，对僧人的尊称。

⑤ 受具：受戒。具，具足戒，佛教的一种戒律。

⑥ 光律师：指唐代杭州华严寺律宗高僧道光。律师，佛教指善于解说戒律的僧人。光律师事迹具见《大宋高僧传》卷十四《唐杭州华严寺道光传》。

⑦《四分律钞》：四分律为天竺僧人昙无德编撰的佛教经典，因内容分为四分，故名。

⑧ 重禀：又禀承。

⑨ 昙一律师：唐代律宗高僧。事迹见《大宋高僧传》卷十四《唐会稽开元寺昙一传》。

⑩ 至德二年：公元 757 年。

⑪ 恩命举移：皇帝命令举荐迁徙。

⑫ 慈和寺：寺名，在润州城中。

⑬ 上元：唐肃宗年号（760—761）。

⑭ 韦儇：上元元年（760）至上元二年（761），韦儇为润州刺史。

⑮ 统领大德：统率众僧。大德，佛教对僧人的尊称。

⑯ 威律师：即义威律师，事迹不详。

⑰ 戒坛：佛教僧徒传戒之坛。

⑱ 悲信二田：悲田和信田。佛家施济贫困者的福田。

⑲ 宿习：过去学习。

⑳ 执持戒检：遵行礼节，自我警戒检束。

㉑ 斯须不违：片刻也不违反。

㉒ 大历十二年：公元 777 年。

㉓ 癸卯：癸卯日。

㉔ 趺坐如常：如同平常那样两足交叉于两股之间。

㉕ 恬然化灭：安静地去世。

㉖ 僧腊：僧人出家受戒后的岁月。

㉗ 辛酉：辛酉日。

㉘ 缞麻之徒：披麻戴孝的信徒。

㉙ 泣血：极其悲痛而无声地哭泣。

【品析】

　　这篇传记所记的朗然，是继玄素之后又一位入主南山的润州籍高僧。他传的是律宗的教义，与昙璀、玄素所传的禅宗，教派有所不同。尽管如此，这三位高僧分别入主南山的竹林、鹤林和招隐三寺，既是唐代南山佛教文化兴盛和发展的重要因素，又是重要标志，可谓兼容并蓄，盛况空前。值得注意的是，唐代南山佛教文化之所以得到很大发展，地方官的作用不可忽视。例如，昙璀有润州刺史邵升的赞许，玄素有润州刺史韦铣的"供养"，朗然则有润州刺史韦儇等的信从。

　　这篇传记记载了朗然一生的事迹。第一段记叙了他的出身、籍贯，来润州前的经历。第二段记叙他来润州后的情况，重点记叙他入主招隐寺后勤于著述，善于思考，"执持戒检，斯须不违"的情况。文词简净，叙写流畅，前后呼应，详略分明，突出了他勤奋好学、潜心著述、谦逊有礼的精神，塑造了一位"学者型"高僧形象。

鹤林寺

北宋·梅尧臣

松竹暗山门，飕飕给清吹。

传闻宋高祖，旧宅为兹寺。

地以黑龙升，经因白马至。

何必问兴亡，山川应可记。

【作者简介】

　　梅尧臣（1002—1060），字圣俞，宣州（今属安徽）人。以"门荫"补太庙斋郎，历桐城（今属安徽）主簿等。皇祐三年（1051）赐同进士出身。官至都官员外郎。工诗，与苏舜钦齐名并称"苏梅"，南宋刘克庄称之为宋诗的"开山祖师"。《宋史》有传。

给清吹：传送乐器清冷的吹奏声。给，供。这里意为传送。吹，竽、笙等乐器的吹奏。

传闻宋高祖，旧宅为兹寺：按《南史·宋本纪》，宋高祖刘裕家于丹徒之京口里，"尝游京口竹林寺，独卧讲堂前"。据此，竹林寺与刘裕有关，但并非刘裕"旧宅为兹寺"。梅尧臣所说"传闻"并不可靠。他用"传闻"一词，也显示他并不相信此说，只不过用作诗料而已。

黑龙：指刘裕。《南史·宋本纪》载刘裕游竹林寺"独卧讲堂前，上有五色龙章"，为帝王之兆。所以诗人称之为"黑龙"。

白马：佛教史籍称，东汉明帝时，天竺高僧自西域以白马驮经至洛阳。这里以"白马"借指高僧。

【品析】

这首诗为五言古诗。据梅尧臣《金山寺并序》记载，他庆历元年(1041)冬天"赴官吴兴"时曾经过润州。这首诗可能是他这年游鹤林寺时所写。

本诗在题材和主题方面很有特色，既不像有些诗那样咏写山寺景物，也不像有些诗那样咏写禅理，而是通过与当年宋高祖有关的典故，抒发兴亡之感。开头两句写景，"暗"突出了寺的清幽环境，"飕飕"句写吹过松竹的风声，暗中点明时令在冬天。这两句景物描写烘托出眼前鹤林寺的清冷景象，为抒感作铺垫。三四句写鹤林寺的有关"传闻"，指出它与刘裕的关系。五六句进一步写鹤林寺的兴盛与刘裕的关系。这四句是写寺的历史。最后两句从眼前所见鹤林寺的冷清与当年鹤林寺的兴盛情况的对比中，抒发诗人的兴亡之感。诗人先从自身角度退一步说"何必问兴亡"，暗中点出"兴亡"之事，再从山川的角度用拟人的手法进一层说"山川应可记"，意思是"山川"都能记得"兴亡"之事。就鹤林寺而言，它虽因刘宋的兴起而兴盛，但刘宋灭亡后它仍然存在，记得"兴亡"。这种强烈的对比，突出了作者的兴亡之感。

从艺术手法说，梅尧臣诗风格清淡古朴，但寓意深厚。这首诗以平实的语气叙写鹤林寺的今昔，表面不议论抒情，但通过客观的叙写以及对比手法的运用，自然流露出作者的兴亡之感，发人深思，耐人寻味，所以平淡中自具深厚含意。

游招隐道中

北宋 · 苏舜钦

扬鞭望招隐，尘思漠然收。

云接青林合，泉兼碧草流。

疏钟传别墅，晚日动前楼。

嘉遁平生志，吁嗟得暂游。

【作者简介】

　　苏舜钦（1008—1048），字子美，开封（今属河南）人，祖籍梓州铜山（今四川中江）。天圣（1023—1031）初年，以"父荫"补太庙斋郎。景祐元年（1034）进士及第。历知蒙城县（今属安徽）等。庆历四年（1044）授集贤校理。遭诬构，削职为民。复职为湖州（今浙江吴兴）长史，卒。工诗，与梅尧臣并称"苏梅"。《宋史》有传。

扬鞭：高举马鞭。意为举鞭驱马出发。

尘思：人世间的思虑。

漠然收：寂静无声地停歇了。

兼：同时进行。

传别壑：传送到别的山谷。

动前楼：在前边的楼台边移动。

嘉遁：隐居，含称颂之意。

平生：平日、往常。

吁嗟：感叹。

【品析】

　　这首五言律诗的写作时间，从诗末两句看，很可能是苏舜钦在庆历四年（1044）被削职为民后，由首都开封前往苏州，路过润州时所作。大多数咏写招隐寺的诗往往是写寺及其周边情况，而苏舜钦的这首诗是着力写前往招隐寺"道中"的所见所闻和所思，题材别具特色。

　　全诗围绕"道中"见闻和所思，层层铺写。一二句写乘马出发时，遥望招隐寺所在方向而产生的心情。"尘思漠然收"突出了招隐寺对他的影响之大，同时又反衬他的"尘思"之多。三四句具体铺写道中所见所闻。"云接青林合"由天空写到山间，云与树合，可见山高林密，环境幽深。"泉兼碧草流"写路边，清泉流淌在碧草之间，仿佛碧草与清泉一起在流动，水声可闻，可见水清草茂，环境清静。这两句诗突出了招隐寺周边环境之美，无尘世喧嚣，宜于隐居。五六句写到招隐寺后的情况。"疏钟"是指招隐寺中的晚课钟声，"疏钟"远传，显示寺中晚课的庄严气氛。"晚日"也是在寺中所见景象。"前楼"当指招隐寺中的建筑。这两句在写寺中所见的同时，又点明到达招隐寺的时间。看来诗人下午出发，一路赏玩，并准备留宿寺中，所以到黄昏之前才抵达招隐寺。最后两句抒写对"道中"所见所闻的感想。他因此游而增强了往日曾有过的隐居志向，所以因此次"得暂游"而感到精神上的慰藉。这反映出苏舜钦遭到政治打击后的思想感情，也可见招隐寺吸引力之所在。

　　苏舜钦诗笔力豪隽，独出机杼。这首五言律诗构思独到，写景优美生动，清新流畅，寓情于景，感慨深沉，又有自己的特色。它在苏舜钦寄情山水的诗作中，是比较出色的。

据欧阳修《韩夫人墓志铭》和《湖州长史苏君墓志铭并序》记载，苏舜钦的长兄苏舜元及妻子韩夫人居于润州，并葬于润州长山；苏舜钦去世后，由其妻葬于"丹徒义里乡檀山里石门村"，所以苏舜钦墓当在今九华山西面的檀山一带。由此看来，苏舜钦由游招隐寺而产生"嘉遁"之思，虽然生前未能实现隐居于招隐山的愿望，但去世以后，能够很近地面对南山和招隐寺，在一定意义上说，也算实现了他生前的愿望。

明 / 文征明 / 仿米氏云山图

爱莲说

北宋·周敦颐

　　水陆草木之花，可爱者甚蕃①。晋陶渊明②独爱菊；自李唐③来，世人盛爱牡丹。予独爱莲之出淤泥而不染，濯清涟④而不妖⑤，中通外直⑥，不蔓不枝⑦，香远益清，亭亭净植⑧，可远观而不可亵玩⑨焉。

　　予谓菊，花之隐逸者也；牡丹，花之富贵者也；莲，花之君子者也。噫！菊之爱，陶后鲜⑩有闻；莲之爱，同予者何人？牡丹之爱，宜乎众矣。

【作者简介】

　　周敦颐（1017—1073），字茂叔，号濂溪，道州营道（今湖南道县）人。早年丧父，依舅父郑龙居于润州黄鹤山。以舅父郑向恩荫补官。累官至广东转运判官、提点刑狱，因病求知南康军（今江西星子）。北宋著名哲学家，宋代理学创始人之一。《宋史》有传。

【解题】

说，文体名，小品文的一种，属于解释、说明的论说文，题目可大可小，比较随意。内容重在感人而有文彩，往往带有杂文、杂感性质，唐以后始盛行。

【注释】

① 蕃：同"繁"，繁多。

② 陶渊明（365 或 372 或 376—427）：东晋大诗人。一名潜，浔阳柴桑（今江西九江）人。曾任江州祭酒、彭泽县令等，后隐居于家乡。他曾写过多首咏赞菊花的诗。

③ 李唐：指唐代，因其皇帝姓李，故称李唐。

④ 濯清涟：被清净的水波洗涤过。

⑤ 妖：艳丽。

⑥ 中通外直：莲花花茎内里畅通，外形挺直。

⑦ 不蔓不枝：不乱蔓延，不乱长枝条。

⑧ 亭亭净植：挺立着清净的枝干。植，树立，挺立。

⑨ 亵玩：轻慢、不严肃的玩赏。

⑩ 鲜（xiǎn）：少。

【品析】

这篇文章是宋代小品文的名篇，就写作时间和地点而言，它并不是周敦颐早年居于鹤林寺时所写。但是，它与鹤林寺及南山还是有一定联系。《至顺镇江志》卷十一载："濂溪周先生，父宰桂岭，卒于官。奉母仙居太君郑氏，自营道入京师，依舅氏郑龙学。郑之故里在润之黄鹤山，先生随侍居于精舍。时天禧九年，先生年十有五。母卒，遂葬于润。"［按：据时间推算，此段引文中"天禧九年"当为"天圣九年"（1032）］"宋宝祐中，郡守徐栗建"濂溪书院于黄鹤山下，书院中建有"爱莲"亭。这些情况表明，周敦颐及其《爱莲说》与黄鹤山有着一定的联系。而且，《爱莲说》赞颂的莲花的精神品格，与真正的隐逸者的精神品格，以及佛教教义有其相通之处，因而与南山文化中所包含的隐逸文化、佛教文化等也有一定联系。从这个意义上说，《爱莲说》也显示出了南山文

莲池

化的重要内涵。正是由于这两方面的原因，本书选入了这篇文章。

文章一共一百一十九个字，篇幅短小。开头两句，总说"水陆草木之花"，领起全篇。"晋陶渊明"至"亵玩焉"，说自己所爱之花与陶渊明和世人所爱的都不同，从莲花的出处、形貌、气味、神韵，具体写它的可贵之处，突出它的精神，说明"予独爱"的原因。"予谓"至"君子者也"，从人世角度说莲的象征意义，进一步说明"予独爱莲"的原因。最后几句慨叹无人与己同爱莲花，回应前文"独爱"，指斥世人追逐"富贵"的不良风气，突出了文章的另一个主题。总之，文章在歌颂和宣扬清廉正直的精神品格的同时，又指斥了社会的不良风气。这表现了文章鲜明的爱憎立场和高超的立意。

这篇文章虽篇幅短小，但形象生动鲜明。善于运用多种艺术手法以刻画形象、突出主题，是它的重要特色之一，也是它成功的重要因素之一。它运用了比喻、拟人、层递、对比、讽喻等多种手法，以三种人所爱的三种花比喻相关的三种人，又把三种花当作三种人来写，人与人、花与花之间构成对比，从人到花，再从花到人，最后揭示出讽喻的主题，对比鲜明、形象生动、层层推进、步步深入。清代王符曾在《古文小品咀华》中评本篇说："借隐逸富贵夹出君子，善用衬笔，明白坦易。"正是指出它运用对比突出主题的特点。

本文的另一个特色是：文辞锤炼，详略得当。对于爱菊、爱牡丹，点到为止，不加赘述，惜墨如金；对于爱莲，则详加描述，但也没有多余的文字，而是恰到好处。这对于描绘形象、突出主题也起到了良好的作用。

招隐寺

北宋·曾巩

一径入松下，两峰横马前。
攀缘绿罗磴。飞步苍崖巅。
昔人此嘉遁，手弄朱丝弦。
想当林间月，独写山中泉。
此乐非外得，肯受世网牵？
我亦本萧散，至此更怡然。
偏怜最幽处，流水鸣溅溅。

【作者简介】

曾巩（1019—1083），字子固，建昌军南丰县（今属江西）人。少有文名，宋仁宗嘉祐二年（1057）进士及第。授太平州司法参军。迁馆阁校勘、集贤校理、英宗实录院检讨官。出通判越州。历知齐、襄、洪、福、明、亳诸州。元丰三年（1080）留判三班院，迁史馆修撰。元丰五年（1082），拜中书舍人。元丰六年（1083），病逝于江宁府（今江苏南京）。能文，为"唐宋八大家"之一。《宋史》有传。

一径入松下：只有一条山间小路通向招隐寺。松下，这里指代隐者居住的地方，即招隐寺。唐贾岛《寻隐者不遇》有"松下问童子"诗句，就是以"松下"指代隐者居住之处。

绿罗磴：长满绿色丝罗一样野草的登山石阶。罗，丝罗。

飞步苍崖巅：如同飘浮在空中一样步行在青苍的山崖顶端。

昔人：指戴颙。见本书沈约《宋书·戴颙传》。

嘉遁：隐居，含称颂之意。

弄：弹奏乐曲。

朱丝弦：乐器上的红色琴弦，这里指代有朱丝弦的乐器。

当：对着。

写：描摹。

此乐非外得：这种乐趣并不是在山外可以获得的。

肯受世网牵：怎么肯忍受"世网"的牵制呢？世网，指社会上的礼法、风俗等对人的束缚。

萧散：闲散。

偏怜：特别喜爱。

鸣溅溅：发出"溅溅"的流水声响。

【品析】

　　这篇五言古诗是曾巩至润州游招隐寺时所作，具体写作时间不详。诗写作者游招隐寺的经过和感想。首四句写前往招隐寺的经过。"一径"两句写招隐寺隐藏在山中松林之间，显示出它的环境深幽。"攀缘"两句写前往招隐寺攀山越岭的情况，进一步突出招隐寺环境的深幽。这四句是以写景烘托"昔人"即戴颙的可贵精神。"昔人"以下六句想象当年戴颙隐居招隐山中月下弹琴悠闲自得的情景，指出他所以隐居，是由于不肯忍受"世网"的牵制，从正面赞颂了他的可贵精神。最后四句抒写自己游寺后的"怡然"心情，并以"偏怜最幽处，流水鸣溅溅"突出招隐寺最可贵之处是环境幽深宁静，而又清新富有活力，烘托出诗人流连忘返的心情。今人陈杏珍、晁继周在《曾巩集》前言中说："曾巩的诗歌努力追求诗意与哲理的结合，吸收了韩愈、欧阳修诗歌议论化、散文化的特点，形式典雅，格调超逸。……他的诗歌以实实在在的内容，清新自然的风格，以及朴实流畅的语言，同欧阳修等人的诗作一样，仍为后人称道。"这首诗也体现了曾巩诗歌的这些特点。

春赋池

次韵张子野竹林寺二首（其一）

北宋·王安石

涧水横斜石路深，水源穷处有丛林。
青鸳几世开兰若，黄鹤当年瑞卯金。
败壁数峰连粉墨，凉烟一穗起檀沉。
十年亲友半零落，回首旧游成古今。

【作者简介】

　　王安石（1021—1086），字介甫，号半山，抚州临川（今属江西）人。庆历二年（1042）进士及第。宋神宗时拜参知政事、同中书门下平章事，推行新法，遭反对，熙宁七年（1074）罢相。次年复拜相。熙宁九年（1076），再罢相，居江宁（今江苏南京）。官至尚书左仆射、观文殿大学士。工诗能文，为唐宋八大家之一。《宋史》有传。

次韵，按照原作的用韵及用韵次序而作和诗。张子野（990—1078），名先，字子野。湖州乌程（今浙江湖州）人。天圣八年（1030）进士及第。累官至都官郎中致仕。工词，与柳永齐名。亦能诗。夏承焘《唐宋词人年谱》有《张子野年谱》。张先咏竹林寺原作已佚。

【注释】

涧水：黄鹤山北本有山涧，后被填平。

丛林：佛教指僧侣聚居的寺院。这里指"竹林寺"。

青鸳几世开兰若：到今天，这座用青色鸳鸯瓦覆盖的寺庙建成已有很多年。青鸳，指青色的鸳鸯瓦。几世，几代，形容年代很久。开，创始。兰若，梵文阿兰若的省称，中文意译为寺庙。这里指"竹林寺"。

黄鹤当年瑞卯金：当初黄鹤曾呈现出刘裕要成为皇帝的瑞兆。黄鹤，兼指黄鹤山。瑞，好兆头。这里作动词，意为呈现好兆头。卯金，"卯金刀"的省称，这三个字组合成"刘"的繁体字"劉"。《汉书·王莽传》："刘之为字，卯、金、刀也。"《后汉书·光武帝纪》："谶记曰：'刘秀发兵捕不足，卯金修德为天子。'"后世遂以"卯金刀"或"卯金"称代刘姓。刘裕姓刘，故称为"卯金"。据《太平寰宇记》记载，刘裕为平民时常游竹林寺，每息于黄鹤山，常有黄鹤起舞。这成为刘裕后来当皇帝的瑞兆，所以本诗有"黄鹤"之说。参綦毋潜《题鹤林寺》诗"解题"。

败壁数峰连粉墨：寺庙屋壁已坏，破壁上的绘画与墙外的几座山峰好像连接在一起。粉墨，指绘画。

凉烟一穗起檀沉：清冷的烟气从佛堂香案上以檀香和沉香为香料的一盏灯火中飘了起来。穗，灯花、烛花，这里指代香火。檀沉，檀香和沉香，可用作香料。

亲：父母。据清代蔡上翔《王荆公年谱考略》，王安石的父亲王益卒于宝元二年（1039）。

旧游成古今：往日同游之人有的还活在当世，有的已去世，成为古人。

【品析】

这首七言律诗是王安石对张先所作竹林寺诗的和诗。据夏承焘《张子野年谱》推测，此诗大约是皇祐元年（1049）王安石与张先在京口时的唱和之作。但是，据蔡上翔《王荆公年谱考略》所考，王安石从庆历七年（1047）到皇祐元年都是在鄞县（今浙江宁波）任县令，皇祐二年（1050）归临川，皇祐三年（1051）通判舒州（今安徽潜山）。这表明王安石不可能在皇祐元年前后在京口与张先唱和。个人以为，此诗当作于庆历七年（1047）王安石由开封赴鄞县经过京口时。因为，诗中说"十年亲友半零落"，表明王安石宝元元年（1038）随父在江宁（今江苏南京）时曾初游京口〔其父于宝元二年（1039）去世〕。这样到庆历七年（1047），时间是首尾十年，与诗意合，也与《张子野年谱》所考张先的行踪没有矛盾。

这首和诗题目虽涉及竹林寺，但它不是着眼于僧寺景致或阐说佛理之类，而是意在抒写怀旧之情和今昔之感。一二句写寺在"水源穷处"。"水源穷处"，可见其远离尘世，环境幽深，暗示出冷清、游人不多的现状及原因。三四句写竹林寺的历史，表示其年代久远，不同寻常。同时暗示出竹林寺往日的繁盛及原因。五六句写竹林寺的现状，寺中墙壁败坏，粉墨零落，香火不盛，清冷凄凉。这四句写竹林寺古今盛衰情况，铺垫引发出最后两句。末句扣住游寺，抒发十年以来个人的遭遇。他想到"十年"前游京口时父亲以及一些友人尚在世，此次重游，父亲已去世，往日同游的一些友人也已去世，不免产生今昔之感和悲凉心情。这也与他当时政治上并不得意有关系。

全诗通过寺庙的古今对照、个人的今昔对照，抒发了作者的情怀。写景托情、对比鲜明、感慨深沉，是它的重要特点。而在语言方面，此诗遣词造句，锤炼精工。中间两联，对仗拗峭、严整有力，反映出王安石诗的个性特征。

润州游山记（节选）

北宋·王令

（上略）直金山而南[1]，其山扁[2]，其东之山龙堂[3]，其西之山白虎[4]。（中略）自白虎而南，别为阿[5]，益卑为阜[6]，其附为城[7]，其裔为冈[8]，属于山凡十数里[9]。山皆石土，杂无竹树[10]。其石镽[11]而转于城中，载而入旁地，可为梁，可砥柱[12]，可捍旁[13]江岸，可为道中辙[14]。所用既博，则取者无日而不至。其草可爨[15]，其下多牧[16]，故其山贫[17]。独招隐为最富[18]，昔其地戴颙之所居也。山负南而抱北[19]，寺偏其左。去寺而西[20]，道数百步而分[21]。自南而东[22]，得泉二：虎跑、鹿跑；井一：炼丹。自西而北[23]，有庵曰披云。庵之南轩[24]，山之最佳处也。其地敏竹[25]，其树宜松，其果多梅李桃杏梨栗。其他木尚众，而杂密不可纪识，忽焉视之如发[26]。其西之山，盘为虎窟[27]，其泉出为真珠。步其东而上[28]，有泉曰"一人"。下更十数山而至鹤林[29]。鹤林盖竹林也。传云："晋末，宋高祖方微时[30]，尝卧其下，自以见黄鹤为祥。至其后改之。"其语应史[31]。其东皆冈阜，断辄复续，以与铁瓮交[32]。

【作者简介】

王令（1032—1059），字逢原，广陵（今江苏扬州）人。少孤贫，不愿仕进，除曾任高邮（今属江苏）军学官数月外，始终以聚学授徒为生。与王安石为莫逆之交。其节操、学问、诗文深为王安石推崇和揄扬。诗歌成就尤突出，为北宋著名诗人。

【解题】

润州，州名，隋置。治所在丹徒（今江苏镇江），辖丹徒、丹阳、金坛、句容等县。题目中的"润州"，是指润州治所所在地丹徒。

【注释】

① 直金山而南：直对着金山向南。

② 其山扁：那些山面阔而体薄。

③ 龙堂：山名。今名不详。

④ 白虎：山名。今名不详。

⑤ 别为阿（ē）：分别成为丘陵。阿，丘陵。

⑥ 益卑为阜：更矮的成为土山。

⑦ 其附为城：土山的附属部分成为城墙。

⑧ 其裔为冈：土山的边沿成为小山冈。

⑨ 属（zhǔ）于山凡十数里：跟山连接在一起共有十多里长。属，连接。

⑩ 杂无竹树：石和土混杂在一起，不长竹子和树木。

⑪ 镵（chán）：一种掘土的犁头。这里用作动词，意为用犁头挖掘。

⑫ 砥柱：磨成石柱。砥，磨刀石。这里用作动词，意为磨。

⑬ 捍旁（bàng）：保护贴近。旁，通"傍"，意为接近。

⑭ 道中辙：道路上供车子行走的石板。

⑮ 爨（cuàn）：烧火做饭。

⑯ 牧：放牧。

⑰ 贫：贫瘠，不肥沃，草木稀，物产少。

⑱ 富：丰饶，土地肥沃，草木丰繁，物产丰富。

⑲ 山负南而抱北：招隐山背朝南，山两边拥抱向北方。

⑳ 去寺而西：离开招隐寺向西。

㉑ 道数百步而分：道路在几百步以后就分为两条。

㉒ 自南而东：从南边弯向东边。

㉓ 自西而北：从西边弯向北边。

㉔ 南轩：南边的有窗槛的长廊。

㉕敏竹：使竹子长得快。敏，快。

㉖忽焉视之如发：如看待头发一样忽视它们（指杂密的小树）。

㉗盘为虎窟：弯曲而形成虎窟。虎窟，即兽窟山。

㉘步其东而上：在虎窟山东步行向上。

㉙下更十数而至鹤林：下面接连有十几座小山到鹤林寺。

㉚微时：地位低下的时候。

㉛应史：符合史书记载。

㉜断辄复续，以与铁瓮交：冈阜中断后又马上再延续下去，从而跟铁瓮城相交接。

【品析】

王令的《润州游山记》是现存唐宋人散文中极为少见的详细记载润州山水名胜的游记。对于了解宋代润州的山水名胜有重要价值。关于此文，王令的门人刘发在《广陵先生传》（广陵先生指王令）中说："先生既喜退隐，思江南山水之胜，乃迁居润，赋《江上》《山中》之词。居顷之，熟于润之山川道里，又著《游山记》以寓其意。"据沈文焯《王令年谱》所载，王令在嘉祐元年(1056)秋后迁居润州，次年春由润州迁往江阴。则本文当作于嘉祐元年(1056)、嘉祐二年（1057）之间。

本书所录《润州游山记》的节选部分，主要是记叙润州南山地区招隐山一带的情况。从文章开始到"故其山贫"，概叙从白虎山以南直到招隐山一带这一大片地区中，众多山冈的类型、范围以及土石、草木的情况。"独招隐为最富"至"忽焉视之如发"，详细记叙招隐山的名胜分布、树木种类。"其山之西"至结束，记叙虎窟山、鹤林寺以及鹤林寺东冈阜的情况。文章以招隐山为中心，详写与概叙相结合，全面具体、条理清晰地记叙了南山山冈的情况，文词古朴简净而又生动明畅，是镇江古代南山游记中的出色作品。

王令集中有《望招隐山花回游江山思崔伯易因寄朱元弼》诗，诗中说："春山晒日开百花，红紫乱眼相交加。青天晴高褰翠幄，绣被堆叠帝所家。"此诗当作于嘉祐二年（1057）春，从中可以看出他对招隐山景物之美的喜爱，也表明他曾经到过招隐山。王令又在《到润望竹林寺忆朱昌叔》诗中说"尝与幽人过竹林，重来此地豁烦襟"，表明他又曾到过竹林寺。所以，他在《润州游山记》中所记南山一带的情况，特别是宋代南山一带不见于后来方志记载的情况，真实可信，具有重要的文献价值，可以补方志之阙遗。

同柳子玉游鹤林招隐归呈景纯

北宋·苏轼

花时腊酒照人光，归路春风洒面凉。
刘氏宅边霜竹老，戴公山下野桃香。
岩头匹练兼天净，泉底珍珠溅客忙。
安得道人携笛去，一声吹裂翠崖冈。

【作者简介】

苏轼（1037—1101），字子瞻，眉州眉山（今属四川）人。嘉祐二年（1057）进士及第，累迁中书舍人、翰林学士、礼部尚书。绍圣元年（1094）遭诬构贬官惠州（今属广东）、儋州（今属海南）。元符三年（1100）赦还。病卒于常州。苏轼一生曾 12 次经京口，作诗多首。他是北宋著名的文学家，文为"唐宋八大家"之一，诗与黄庭坚并称"苏黄"。《宋史》有传。

同，诗歌作法，意为作诗酬和。所和之诗，有的按照原题、原韵，也有的不按原韵。柳子玉（生卒年不详），名瑾，家于润州。庆历二年（1042）进士及第。他是苏轼堂妹夫的父亲。与苏轼多有交游。景纯，刁约（994—1075）字，润州人。天圣八年（1030）进士及第。官终太常寺议讲读官。熙宁元年（1068）告老而归于润州藏春坞。《宋史》有传。

【注释】

花时：春天开花时节。

腊酒：腊月酿造的酒。

洒面：如水珠一样散落在脸上。

刘氏宅：指刘裕曾住宿过的鹤林寺。

戴公山：指戴颙隐居过的招隐山。

匹练：一匹洁白的绢绸。

兼天净：增加了天空的明净。

安得：哪里能有。

道人：有道之人，指刁约。

【品析】

这首七言律诗当作于熙宁七年(1074)春，因为前一年冬天，苏轼由杭州赈灾至润州，而柳子玉在熙宁七年春天游南山后不久就离开京口，苏轼作《昭君怨（金山送柳子玉）》相送（参王水照《苏轼选集》）。

这首诗是和柳瑾诗，开头两句就扣住柳诗的"归"字，概括柳瑾出游以及归时的情况，点明出游时间、游山饮酒等活动，归来兴致益然。三四句分写"刘氏宅边""戴公山下"，即鹤林寺和招隐寺周边景致，"霜竹老"显示岁月悠久，"野桃香"显示山林气息，有色有香。五六句合写招隐山间泉水即珍珠泉。"岩头匹练兼天净"写泉水从岩头下泻的情况，用"匹练"作比喻写泉水之白净，用"兼天净"更加突出泉水之明净。"泉底珍珠溅客忙"

写泉水下落时如珍珠溅落，又写"客"观赏泉水时"忙"的情况。最后两句则表达诗人的愿望，他希望能有一个有道之人到招隐山顶上去吹笛子，笛声清厉有力，能把山崖吹裂开来。这是在抒发因游山而激发的豪兴，暗叩诗题"呈景纯"，表达对刁约未能同游的遗憾。全诗紧扣南山清幽明净的特点，运用比喻、夸张、渲染、想象等手法，加以形象生动的描绘，使整首诗活泼流畅、富有情趣。

招隐坊

游鹤林招隐二首

北宋·苏轼

其一

郊原雨初霁，春物有余妍。
古寺满修竹，深林闻杜鹃。
睡余柳花堕，目眩山樱然。
西窗有病客，危坐看香烟。

其二

行歌白云岭，坐咏修竹林。
风轻花自落，日薄山半阴。
涧草谁复识，闻香杳难寻。
时见城市人，幽居惜未深。

此二诗选自《苏轼诗集》卷十一。诗题,《京江赋》作《游鹤林寺二首》,《南山诗征》"其一"作《游鹤林寺》,其二作《游竹林院》。今据《苏轼诗集》所录,作《游鹤林招隐二首》。

【注释】

春物:春天的景物。

余妍:遗留的美丽。

睡余柳花堕:杨柳的飞絮如人刚刚睡醒还带着睡意一样,懒洋洋地飘落下来。苏轼《水龙吟(次韵章质夫杨花韵)》中写杨花"困酣娇眼,欲看还闭",与本句所写近似。

目眩山樱然:山间的红色樱花如同燃烧的火焰一样,令人眼睛发花。然,燃的本字,燃烧。

危坐:端正地坐着。

香烟:烧香时所产生的烟气。

行歌:一边走路,一边唱歌。

日薄山半阴:太阳靠近西方,山间昏暗下来。半阴,昏暗。

闻香杳难寻:虽然闻到花的香味,但不见花的踪影,难以寻觅。杳,深幽而看不到踪影。

幽居:隐居。

【品析】

北宋苏轼对南山风景甚为喜爱,他曾多次游南山,作诗多首,鹤林寺留有他到过的"苏公竹院"。这两首五言古诗,是熙宁七年(1074)春苏轼游南山时所作。据清代王文诰所注,其一是写"游鹤林寺",其二是写"游招隐寺"。

其一开始两句总写春天"郊原"雨后初霁的美好景象,点出游鹤林寺和招隐寺的时间及鹤林寺的所在地点,"余妍"二字,概括了"春物"之美。中间四句从寺中见闻具体铺写鹤林景象。寺中长满修竹,深林传来杜鹃叫声,柳花如人刚刚睡醒一样悠然飘落，山间樱花如火燃烧一样烂漫开放。这四句所写，有大景，有小景，有远景，有近景，有色彩也有声音，有工笔细腻的刻画，也有泼墨作随意的挥洒，绘写出鹤林寺内外幽深、宁静，优美而富有生气的春天景象。最后两句写"病客"（诗人自称）面对如此美好景象的不同心情，他不是观赏"春物"，而是"危坐看香烟"，这样的描写除了显示诗人因生病而无心赏景之外，还显示出诗人更加复杂的苦闷心情。全诗写景鲜明生动，工于描绘；抒情则含蓄蕴藉，文词凝炼。"情"与"景"的鲜明对照和强烈反差，突出了诗人的愁苦心情。清代纪昀评"古寺"两句说："不减'曲径通幽'之句。"

其二开始两句写游招隐山。南朝梁陶弘景隐居山中作《答诏问》说"山中何所有？岭上多白云"，魏末嵇康等隐居"避世"，"游于竹林"。这里融入这两个典故，既显示所游之处是招隐山，又表现诗人自己游山时自由自在、潇洒放逸的情致。中间四句写山中景象。"风轻花自落"，表现环境宁静而美好。"日薄山半阴"借鉴了梁沈约"日下溪半阴"诗句，写山中景象的变化，显示环境之幽深，点出时间已近黄昏。"涧草"两句写涧边花草芳香深杳，更突出环境之幽美。这四句也是有近景、小景，又有远景、大景，有工笔描写，也有泼墨挥洒，绘写出招隐山中宁静、幽深、优美而富有生意的景象，但它们突出的是日暮时的山光和涧草的芳香，与第一首又有不同。最后两句写游山的感想。诗人因为游山时常常看到城里来的游人，所以感到戴颙隐居之地离尘嚣之地还不够幽远，也就是感到招隐寺的环境还不够幽深。"惜"突出其惋惜心情，也含有对戴颙选择的隐居之地不太满意。其实，苏轼游招隐山的时代与戴颙隐居招隐山的时代相比，镇江城市已有发展变化，招隐山在戴颙时代是人迹罕至的深山，到苏轼时代已成为近郊。时代发展，情势不同。今天看来，苏轼的惋惜也只能算是一家之言。不过，从"时见城市人"一句中，我们可以看出北宋时招隐山已是游览胜地，游人颇多。本诗在写景方面与第一首有相同之处，但又有所变化；在抒情方面，它除了同样以写景烘托感情之外，又通过"行歌""坐咏"的情态描写，以及篇末议论来表现感情，又与第一首有所不同。清代纪昀评"风轻"两句说："此联亦直逼唐人。"

题招隐寺

北宋·王琪

苍崖何蟠回，尝为隐君宅。

孰谓人琴亡，松风正萧瑟。

花闲雪英舞，鹿去岩泉冽。

经声草堂回，天香中夜发。

月落山气深，清猿啸亦绝。

如何人外迹，轻为世网别？

【作者简介】

　　王琪（生卒年不详），成都华阳（今属四川）人。进士及第，调江都（今扬州）主簿。天圣五年（1027）以馆阁校勘为南京（今河南商丘）留守晏殊幕府签判。累官至礼部尚书致仕。王琪曾三次为润州知州。能诗。《宋史》有传。

【注释】

何蟠回：多么弯曲回旋。

尝为隐君宅：此句下自注："宋戴颙善琴，隐居此山。"

孰谓：谁说。

花闲雪英舞：此句下自注："卫公玉蕊诗在焉。"参李德裕《招隐山观玉蕊树戏书即事》。此句意为：白色的玉蕊悠闲地像雪花一样舞动。

鹿去岩泉冽：此句下自注："山有鹿跑泉，唐蒋防为之铭。"

天香中夜发：花在半夜里开放。天香，指花。中夜，半夜。

世网：比喻世俗间种种束缚。

【品析】

这首五言古诗的作者王琪曾三次任润州知州，一次是庆历元年（1041）到庆历三年（1043），第二次是皇祐二年（1050）后，第三次在治平三年（1066）前后。所以他对润州的掌故自然比较熟悉。这首诗当是王琪任润州知州时作，但具体时间难以确定。而本诗中的三处自注则具有史料价值。

这首诗共十二句。前四句写招隐寺的位置和历史，交待游寺时间在"松风正萧瑟"（当在秋、冬间）之时。中间四句写寺中所见所闻，赏玉蕊花、鹿跑泉，听僧人诵经，半夜里传来了花香。这表明作者夜宿于寺中，深夜未眠。最后四句写拂晓将要离寺而去。"月落山气深，清猿啸亦绝"两句点明时间在拂晓时。诗人为"世网"即职务所限，不得不离寺而去。但他又留恋不想离去，所以用"如何"发问，表达自己的感慨，从而突出寺中生活之可贵，值得留恋。"花闲雪英舞，鹿去岩泉冽"两句、"日落山气深，清猿啸亦绝"两句写得都比较工练，但全诗总显得平铺直叙，意境不深。《宋诗纪事》曾选入此诗，并引王安石评论说："琪诗时有奇句，然雕镂不自在。"

扈从至润州过招隐寺

南宋·缪瀚

烽烟扰扰障中原，剩水残山尚此存。

万木萧条风色改，一天惨淡日光昏。

鹈知有恨闷无语，虎伏何年狂又奔？

东顾辽阳嗟不见，满襟泪洒暗声吞。

【作者简介】

缪瀚（生卒年不详），籍贯、仕历不详。据本诗诗题及内容推测，作者当是北宋末年、南宋前期人，曾随从宋高宗逃难至镇江。

【解题】

扈从，皇帝出巡时，随从并保护皇帝。润州，当时润州已改称镇江，此用旧称。过，探访。

烽烟扰扰障中原：战火纷乱，阻塞了中原地区，即中原地区处于纷乱的战火之中。这里指金兵打进了北宋首都开封一带，宋金正在这一带交战。

剩水残山尚此存：国土分裂了，这里还保存着。剩水残山，指国土分裂，即宋朝北部地区已被金兵占领。尚此存，即此尚存。此，指镇江及江南地区。

一天：满天。

鹂：黄鹂。相传戴颙曾在招隐山听黄鹂。

闭（bì）：关闭。这里指不张口。

辽阳：指金代辽阳府（今属辽宁）。宋徽宗、钦宗等被金兵俘虏后，押送到这一带。

声吞：即吞声，不敢发出声音。

【品析】

这首七言律诗的写作时间，从诗的题目及内容看，当是作于南宋高宗建炎三年(1129)。因为，诗是作于"扈从"皇帝在中原"烽烟扰扰"的情况下来到镇江之时，而在宋代，符合这一情况的只有《宋史》所载南宋高宗在建炎三年二月由扬州躲避金兵来到镇江时。而且诗中说"东顾辽阳嗟不见"，也与宋徽宗、钦宗被金兵俘虏押往辽阳一带的情况吻合。

这首诗抒发诗人在国家危难之际随从皇帝逃到镇江，探访招隐寺时的悲愤心情。一二句写扈从至镇江的背景和原因，显示了北宋王朝灭亡后国家的危急形势。三四句渲染至镇江时所见万木萧条、风云变色、天昏地暗的景象，既烘托出人们凄凉悲痛的心境，又形象地表现出国家危难的严峻形势。五六句叩住戴颙听鹂、虎跑成泉的典故，描写在招隐寺所见景象以及作者的心情，黄鹂含恨无语，猛虎昏昏偃伏，一派沉沉死气。而诗人希望文武官员能人人为国分忧尽力，文臣尽忠进谏、武将奋勇杀敌，再创国家生机勃勃的局面。最后两句抒写怀念徽钦二帝，满腔悲愤而又不敢出声的痛苦心情。看来，作者曾是徽钦二朝的旧臣，对高宗的逃跑畏敌深为不满。全诗通过对景物的描写、渲染，运用比兴手法，以及直接抒发感情三者相结合的方法，深沉有力地表达了作者忧伤国事的沉痛心情。作者虽非知名诗人，但这首诗却是一首相当出色的爱国篇章。

这首诗从南山文化发展的角度说，更有其特殊意义和地位。就现存的南山诗文而言，能够如此直接地反映社会重大现实，强烈鲜明地抒发忧国忧时思想感情的，在它之前仅见唐代李嘉祐的诗,在它以后我们才看到了岳珂的《鹤林寺题古竹院僧房》。因此可以说,它较早把忧国忧时的思想引进了南山文化的内涵,这对于丰富和发展南山文化具有重要意义。由此可见,南山毕竟不是世外桃源,南山文化的脉搏也是随着社会和时代脉搏的跳动而跳动的。

虎跑泉

题京口招隐寺

南宋·王埜

万松苍翠境幽寥，密密深藏古梵寮。

绕郭江流光隐隐，撑天塔耸影遥遥。

泉尝虎鹿清心净，歌啭莺鹂满耳娇。

真是隐岩高士地，休将胜地说金焦。

【作者简介】

　　王埜（生卒年不详），字子文，号潜斋。金华（今属浙江）人。南宋嘉定十三年（1220）进士及第。嘉熙元年（1237）为两浙转运判官，曾至京口等地察访江防。淳祐五年（1245）为淮东总领。淳祐六年（1246）兼权知镇江府。官至端明殿学士，签书枢密院事。能诗文。《宋史》有传。

【解题】

【解题】

京口，这里指代镇江所辖之丹徒（南宋时招隐寺居属丹徒县）。招隐寺，见前文注。本诗虽题为"招隐寺"，实是写招隐山。

【注释】

幽寥：幽深寂静。

梵寮：僧舍。指招隐寺。

泉尝虎鹿：品尝虎跑、鹿跑二泉泉水。

啭：鸟儿婉转鸣叫。

隐岩：隐居的山岩。

高士：超越世俗的高人。

胜地：名胜之地。

【品析】

这首七言律诗很可能是王埜嘉熙元年（1237）初至京口时所作，是写他对招隐寺和金山、焦山的"第一印象"。一二句叩题，写招隐寺。先从"万松苍翠"突出它建于山中，环境幽静；"密密深藏古梵寮"的"深藏""古"突出它藏于深山，历史悠久。这两句写出了招隐寺的总体形象。三四句宕出一笔，写招隐山上北望所见，江流绕城而过，波光隐约可见；江中金焦二山宝塔高耸，遥遥在望。写这两句，既是写京口的形势，又是为下文的对比埋下伏笔。五六句又写招隐寺，写品尝虎跑、鹿跑二泉泉水"清心净"，显示泉水之清纯可口；写欣赏黄鹂叫声"满耳娇"，显示鸟声之悦耳动听。这里扣住招隐寺周边的情况来写招隐寺环境的优美。最后两句写诗人的品评。他把招隐寺与金焦二山作比较，用"真是"充分肯定了招隐寺为超群出俗的隐士们隐居的胜境；由此出发，他认为金山、焦山不如招隐山，以此表示对招隐山的赏誉之情。王埜所说也只是一家之言，但他把招隐与金焦对比起来说，从现存诗看，还属于首次，又当有一定的启发意义。

这首诗从艺术上说，前六句从不同角度写招隐山的景致，层次清晰、形象生动，遣词造句颇为工巧。"密密""隐隐""遥遥"等叠词的运用，增添了声韵之美。但整首诗的意境不够深远。刘克庄跋王埜诗说"潜斋诗，本学术"。王埜这首诗末尾的议论，也多少带有"学术"气，冲淡了诗味。

鹤林寺题古竹院僧房

南宋·岳珂

秋枕竹鸣屋，昼棋松掩关。

雨晴犹湿径，云薄不藏山。

未洗中原恨，谁消永日闲？

西风动征隰，空愧鬓毛斑。

【作者简介】

　　岳珂（1183—1234），字肃之，号亦斋，又号倦翁。相州汤阴（今属河南）人。岳飞之孙。历管内劝农使等，嘉定十四年（1221）至绍定二年（1229）为淮东总领（治地在镇江），曾两度知镇江府。工诗能文。《宋史》有传。

【解题】

古竹院,鹤林寺在唐代曾名古竹院。诗题"古竹院"当指鹤林寺中的原古竹院遗址。

【注释】

枕：枕卧。

棋：下棋。

掩关：遮掩着门。

中原恨：指中原被异族占领的仇恨。

消：消受,享受。

永日：整天,长时间。

征隰（xí）：《槜李诗系》卷三录此诗作"征鞴（xiǎn）",则"征隰"当为"征鞴"之误。鞴,马腹革带鞴。征鞴,犹言征马,用于征战之马。

【品析】

这首五言律诗当作于岳珂任淮东总领期间。岳珂为岳飞后裔,像他的祖父岳飞一样,他有一腔报国热忱,总希望能领兵北伐,收复中原,雪洗国仇家恨。但他生活在国势积弱的南宋后期,壮志难酬,所以满腔悲愤流露于字里行间。这首诗正表现了他的这种思想感情。

诗人借古竹院以抒发自己的思想感情。他针对唐人李涉《题鹤林寺僧舍》"偷得浮生半日闲"的名句,前四句首先描写了"古竹院"室内和室外的悠闲景况和乐趣。一二句写寺内的幽居生活：秋晚枕着枕头在屋内睡觉时,只有风吹着屋边的竹林发出"沙沙"声响,可见非常幽静；白天关着门在松树下与友人下下棋,可见生活非常悠闲自在。同时又巧妙地点出了时令和环境,点出题目中的"古竹院僧房"。三四句写寺外美好环境：雨后初晴,风景如画,令人赏心悦目。表面看来,这四句是实写,是作者写自己在古竹院里的悠闲生活。实际上,这些只是作者描叙的一些景况,是作者用来反衬自己,并不是表明他也过着这种悠闲生活。所以,后面四句就针对上文所写,提出了自己的看法。五六句说自己的"恨"：在当前中原仍然沦陷,国仇家恨未消除之时,谁能有心情享受这种终日的悠闲生活？反问句强调了作者的心情。

七八句说自己的"愧"：诗人由眼前秋风吹动，使战马产生征战之思，但不能出征，想到了自己以及与自己遭遇相同的人仍然远离故乡、飘流不定，想到了时光流逝、岁月蹉跎，却壮志难酬，所以深深感到"空愧鬓毛斑"，既羞愧，又失望，真是悲愤之至。在这种又"恨"又"愧"的情况下，诗人对古竹院的这种"永日闲"，当然不会有心情去消受。总之，全诗用前人咏竹林寺诗意而自出新意，沉郁悲凉，感人至深，在鹤林寺诗以至南山诗中并不多见。《宋诗纪事》选录本诗。

这首诗所说的"消永日闲"是对李涉所说"偷得浮生半日闲"提出了不同的看法。从南山休闲文化的角度说，它是发展了李涉的"休闲"思想。"休闲"作为一种修身养性、提高生活质量的方式，对于健康人来说，它应当是一种使工作更积极的手段，它本身并不是生活的目的。"终日昏昏"时"偷得""半日闲"，很有必要；但为了"洗中原恨"而放弃"消永日闲"，也更有必要。二者都是为了生活得更有质量、更有意义、更有价值。因此如果把"消永日闲"当作生活本身或生活的目的，就失去了"休闲"的价值和意义了。李涉以后，不少诗人游竹林寺大多只说"偷闲"，而岳珂能从更高层次来看"偷闲"，所以更为可贵。

米黻传

南宋·刘宰

　　米黻字元章，自言黻即芾也，故又作芾。太原人。其父尝家襄阳，未几迁丹徒，故国史①书曰"吴人"。其先以武干显②。母阎氏，与宣仁后③有藩邸之旧④。以恩入仕⑤。

　　芾生而颖秀⑥。六岁，日读律诗百首，过目即成诵。刻意文词，不剽袭⑦前人语，经奇蹈险，要必己出⑧，以崖绝魁磊⑨为工。作字遒劲，晚更沉著⑩，杂有晋唐风流⑪。其画山水人物，自成一家。尺缣寸纸，人以为玩⑫。尤工临摹，至能乱真。精于鉴裁⑬，一经品题，价增数倍。

【作者简介】

　　刘宰（1167—1240），字平国，号漫塘病叟，金坛（今属江苏）人。南宋绍熙元年（1190）进士及第。绍熙元年到三年曾任镇江府通判。官至浙东仓司干官。后退居家乡，屡荐不起。卒于家。能文，著述甚多。《宋史》有传。

【解题】

　　本篇选自《京口耆旧传》卷二。米黻（1052—1108），字元章，祖籍太原（今属山西），曾家于襄阳（今属湖北），早年随父居丹徒。卒，葬于黄鹤山。其事迹具见本篇。四库全书本《京口耆旧传》共九卷。"其书采京口名贤事迹，各为之传，始于宋初，迄于端平、嘉熙间"（《四库全书总目》卷五十七）。陈庆年《读钞本〈至顺镇江志〉》考证说："嘉定修郡志时，润守史弥坚以搜访前辈行治，属之金坛刘宰。宰于期年之间成一书，名曰《京口耆旧传》，详见《漫塘文集》卷八《回知镇江史侍郎书》。是《京口耆旧传》正为《嘉定志》而作。"

【注释】

① 国史：官修史书，所指不详。

② 其先以武干显：米芾的先世因担任掌管实际事务的武官而发迹闻名。

③ 宣仁后：指宋神宗的母亲高氏，谥"宣仁圣烈皇后"。

④ 藩邸之旧：在藩王府邸中结成旧交。指米芾的母亲曾在濮王的府中当乳母，与濮王之子赵曙（后为宋英宗）的妻子高氏有交往。

⑤ 以恩入仕：凭借高氏的恩荫授官。

⑥ 颖秀：聪明出众。

⑦ 剽袭：剽窃、抄袭。

⑧ 经奇蹈险，要必己出：运用奇险的语句，总一定是出于自己的创造。

⑨ 崖绝魁磊：非常独特高伟。

⑩ 晚更沉著：晚年更加深沉而稳健。

⑪ 晋唐风流：晋朝和唐朝书法家的风度。

⑫ 玩：玩赏的物件。

⑬ 鉴裁：鉴别裁定。

所与游皆一时⑭名士。元丰初，以诗编贽见⑮王公安石。安石摘句，书之便面。苏公轼尤爱重之。集中有《晚起闻元章到东园⑯》绝句，自岭南归至白沙⑰绝笔也。其往还尺牍⑱有云："岭外八年，念吾元章迈往凌云⑲之气，清雄绝俗⑳之文，超迈入神㉑之字，何时见之，以洗瘴毒㉒？今真见之：儿子于何处得《宝月观赋》，琅然诵之。老夫卧听未半，蹶然㉓而起，恨二十年相从元章不尽。"其推重之如此。

补秘书省㉔校书郎㉕，为浛光㉖尉，知㉗雍丘㉘县、涟水军使㉙，发运司勾当公事㉚。入为太常博士㉛。出知常州㉜，不赴。奉祠㉝，除知无为㉞军。逾年召入，为书画学博士。擢为礼部员外郎㉟，以言者罢，知淮阳军㊱。弥年㊲，疡㊳生其首，卒，年五十有七。葬黄鹤山。诏赙㊴其家百缣，仍官其子㊵。

芾平居超然㊶，若不事事㊷，至官则率职不苟㊸，时亦越法㊹，有所纵舍㊺。家故饶财㊻，既仕，悉以分族人。所至，喜登览山川，择其胜处立宇制名㊼，来者莫能废。过润，爱其江山，遂定居焉。作宝晋斋，聚法书㊽、名画其中。北固既火㊾，结庵城东，号"海岳"。日吟哦其间，为京口佳绝之观。其风神萧散㊿，趣尚高洁，雅[51]不欲与人同。故冠服效唐人，所居辄置水其旁，数颒[52]以自洁。其眉宇轩然，进趋襜如[53]，音吐鸿畅，望之，皆知其为米元章也。子友仁[54]。

【注释】

⑭ 一时：一世，当代。

⑮ 贽见：手执礼品求见。

⑯ 东园：园名，在真州（今江苏仪征）。

⑰ 白沙：地名，在真州（今江苏仪征）。

⑱ 尺牍：书信。

⑲ 迈往凌云：超过前人，直上云霄。

⑳ 清雄绝俗：清新雄健，远出世俗。

㉑超迈入神：超越常人，达到神妙境界。

㉒瘴毒：瘴气之毒素。

㉓蹶然：急遽地。

㉔秘书省：官署名，掌图书著作。

㉕校书郎：官名，为秘书省属官，掌校勘书籍，订正讹误。

㉖浛光：县名，旧址在今广东英德西北。

㉗知：暂行主持事务。

㉘雍丘：县名，今为河南杞县。

㉙涟水军使：驻地在涟水（今属江苏）的州级驻军长官。

㉚发运司勾当公事：掌管东南漕运，兼管茶、盐等事务的中央机构中主管公务的官员。

㉛太常博士：官名，主管朝廷祭祀礼乐制度官署中专精一艺的职官。

㉜常州：州名，今属江苏。

㉝奉祠：宋代五品以上官员不能任事时授予宫观使、提举等官，无职事，但领俸禄，称"奉祠"。

㉞无为：地名，今属安徽。

㉟礼部员外郎：官名，礼部属官。

㊱淮阳：地名，今属河南。军，宋代行政区划名。

㊲弥年：经年，经过一年（到下一年）。

㊳疡：疮。

㊴赙（fù）：以财物助人办丧事。

㊵官其子：给他儿子做官。

㊶平居超然：平时远离世俗。

㊷不事事：不管俗事。

㊸率职不苟：奉行职事，毫不马虎。

㊹越法：越过法律、法令。

㊺纵舍：释放、舍弃。

㊻故饶财：本来多钱财。

㊼立宇制名：建立房屋，制定名称。

㊽法书：有一定艺术成就的书法作品。

㊾北固既火：指北固山甘露寺遭火灾。《至顺镇江志》卷九载："甘露寺，元祐末焚。"

(50) 风神萧散：风采神韵闲散。

(51) 雅：非常，很。

(52) 頮（huì）：洗脸。

(53) 进趋襜（chān）如：向前快走时衣裳飘动着。

(54) 友仁：米友仁（1074—1153），字元晖。宣和四年（1122）应选入掌书学。南宋时官至兵部侍郎、敷文阁直学士。工书画。世称“小米”。

【品析】

北宋著名书画家米芾与镇江的关系十分密切，与南山关系同样如此。他的父母安葬于黄鹤山麓。他生前曾称南山为“京口佳绝之观”，在南山鹤林寺题“城市山林”横额，经常前往鹤林寺，说过“来生为寺伽蓝（守护神），永护名胜”（《避暑录话》）。作画“先自潇湘得画境，次为镇江诸山”（米友仁《题潇湘奇观图》题词语），自然也得“画境”于南郊诸山。米芾死后最终安葬于黄鹤山前，米友仁在其神主牌位上题写了“当山伽蓝神银青米公之位”。正如清高觐昌 1911 年所作修复明人《米元章墓记》题词所说：“米公爱润州山水，殁葬于此。相传公为寺中伽蓝，盖其精神文采久与鹤林固结辉映相终始矣。”可以说，米芾与戴颙一样，也是南山文化在艺术方面的杰出代表，他们都彰显了南山文化的艺术内涵和特征。所以，提到南山文化，不能不说米芾，不能不了解米芾。

这篇文章是米芾的传记，从取材方面说，它取材于蔡肇的《米元章墓志铭》、王称的《东都事略·米芾传》等，同时又吸收了苏轼文集（本篇引文中个别文字与原文稍有出入）等内容，取长补短，综合成篇，因而相当全面、丰富、正确。从文章本身说，它的内容可分为五段。第一段记米芾的籍贯、出身；第二段记米芾的才华和成就，重点介绍文词、书法、绘画三方面的成就；第三段记米芾的交游，突出苏轼书信的评价；第四段记米芾的仕历及逝世的情况；第五段记米芾的个性和逸事，以及与京口的关系。第一、第三部分叙事，其余部分写人。全篇叙事简明扼要、突出重点、不生枝蔓；写人则多用细节，突出言行风貌，形象生动。与蔡肇的《米元章墓志铭》以及《东都事略·米芾传》相比，本篇不但内容全面、翔实，而且叙写也多有文学色彩，有足称道。《四库全书总目》卷五十七评《京口耆旧传》称：“轶闻逸事，则较史为详。”“每为一传，首尾该贯，生卒必详，与诸家杂说随笔记载，不备端末者不同，故事实多可依据，于史学深为有裨。”卷一六二评刘宰文：“所为文章淳古质直，不事藻饰，而自然畅达。”本篇也有这些特点。

鹤林寺

南宋·陆秀夫

岁月未可尽，朝昏屡不眠。
窗前多古木，床上半残编。
放犊饮溪水，助僧耕秋田。
寺门久断扫，分食愧农贤。

【作者简介】

　　陆秀夫（1236—1279），字君实。楚州盐城（今属江苏）人。景定元年（1260）进士及第，一说宝祐四年（1256）与文天祥同时进士及第。初为淮南李庭芝幕幕僚。后官至礼部侍郎。元军陷临安（今杭州）后，他与张世杰等拥立赵昰为帝，是为端宗。端宗死，复拥赵昺为帝。元军破崖山（在今广东），他身负赵昺投海而死。《宋史》有传。

【注释】

残编：残缺不全的书。

放犊：放牛。犊，小牛。

秫（shú）田：长着高粱的农田。秫，多指黏高粱。

断扫：停止打扫。

分食愧农贤：农民分给食物，自己对他们的善举感到很惭愧。

【品析】

　　爱国英雄陆秀夫早年随父迁居镇江，一度曾寄居于鹤林寺。这首五言律诗就是写诗人早年寄居鹤林寺务农苦读的清贫生活。一二句写自己的寺中生活。这两句包含两方面的意思：一是说生活艰苦，日子难熬，所以早晚经常不能入睡；二是说时间不够，所以经常早起晚睡，刻苦读书。应当说，这两方面情况，诗人当时都存在着。三四句写寺中苦读情况。"窗前多古木"，表示环境清幽，适宜读书；"床上半残编"，床上书多而破旧，可见诗人利用夜晚时间刻苦攻读，上床后仍然继续读书。五六句写农忙时务农情况。白天既要给寺僧（或农民）放牛，又要帮助寺僧种田。这样做，当然是谋生的需要，可见生活的清贫艰苦。最后两句抒写感激和惭愧的心情。由于农闲时作者专心闭门读书，所以鹤林寺门前好久没有打扫，生活很困难，在这种情况下，善良的农民分给他粮食，让他安心苦读。诗人对这样的善举非常感激，又因自己无以为报而感到惭愧。全诗用淳朴自然的语言叙写寄居鹤林寺时务农苦读、艰苦清贫的真实生活，抒写了诗人真挚深厚的思想感情，表现了爱国志士的可贵精神。《宋诗纪事》曾选录此诗。

　　这首诗在内容方面还有值得称道的地方，那就是：在它以前还没有哪一首诗能如此真实地叙写鹤林寺中僧人和周边农民务农的日常生活情况，所以在题材方面具有开拓意义，有助于人们更全面地了解和认识南山的社会现实以及南山文化的丰富内涵。

鹤林寺

南宋·文天祥

屐齿俱无登尽山，
卧游多病远公关。
相思南国故人少，
满寺萧萧落叶斑。

【作者简介】

　　文天祥（1236—1283），字履青，一字宋瑞，号文山，吉州庐陵（今江西吉安）人。宝祐四年(1256)进士及第。官至江西安抚大使,知平江府(今江苏苏州)，德祐元年(1275)，发兵勤王。迁右丞相兼枢密。奉命入元营谈判，被扣留北上。 经镇江时逃脱，至三山（今福建福州 ），重整旗鼓，奋勇抗元。兵败被俘，押至燕京（今北京 ），壮烈就义。工诗能文。《宋史》有传。

【注释】

屐：鞋子的一种，通常指木底的，有的有齿，便于在泥水之中行走，也可穿着登山。

远公：本指晋朝高僧慧远，后泛指有道行的高僧。这里指鹤林寺僧人。

关：指僧人坐关的房屋。这里指代僧房。

南国：泛指南方地区。

【品析】

　　这首七言绝句从内容、风格及作者的经历看，当是文天祥参加抗元斗争以前所作。诗写作者游镇江鹤林寺病卧僧舍，到了秋天思念友人的落寞心情。前两句叙事。首句说自己登过很多名山，以致木屐的齿都磨光了。这里暗用谢灵运穿带齿木屐登山的典故。第二句用高僧慧远的典故说自己出游之中生了病卧在鹤林寺僧舍。这两句叙事。三四句抒情。第三句用王维《相思》"红豆生南国"的典故，说自己很思念南国友人，但镇江鹤林寺一带缺少故人，所以无人来探望自己，不免有孤寂落寞之感。第四句写满寺落叶的景象，点明时令，烘托诗人的愁苦孤独心情。文天祥早年受"江湖诗派"的影响。这首诗写得平易流畅，但叙事、抒情、写景相结合，巧妙融化典故，又显得比较细致、工巧，显示出"江湖诗派"的痕迹。

　　南宋以来，从缪瀚开始，至少有四位爱国志士在南山留下了诗篇。他们的作品丰富了南山文化的内涵，深化了南山文化的境界。文天祥是其中之一，这首诗所写虽为思念友人，但仍为南山增添了光彩。

重修鹤林寺记（节选）

南宋·缪君琔

　　鹤林山报恩光孝禅寺，古竹林寺也。订之图谍①，宋高祖微时②，尝游息寺中，既即位，改曰鹤林。至唐开元③，法照④师来主法席⑤，始为禅寺。咸通十一年⑥，夹山⑦会师⑧由此往参船子和尚⑨，故寺有夹山丈室。绍兴⑩，天子思报祐陵罔极之德⑪，乃易今额。自时厥后⑫，住持事非有道行不在选。

【作者简介】

　　缪君琔（生卒年不详），上饶（今属江西）人。咸淳年间（1265—1274）为当涂（今属安徽）县令。

【题解】

　　本篇选自《至顺镇江志》卷九"鹤林寺"，题目为选者所拟。

① 图谍：图志。

② 微时：未富贵、显赫之时。

③ 开元：唐玄宗年号（713—741）。

④ 法照：指玄素。见本书李华《故径山大师碑铭并序》。

⑤ 法席：寺院住持。

⑥ 咸通十一年：公元 870 年。

⑦ 夹山：此处为南山山名，在招隐山东面。

⑧ 会师：指夹山和尚善会（805—881），曾居于京口竹林寺。后居于石门县（今属湖南）之夹山。

⑨ 船子和尚：唐代僧人，名德诚，从药山洪道禅师学，人号船子和尚。

⑩ 绍兴：南宋高宗年号（1131—1162）。

⑪ 天子思报祐陵罔极之德：高宗皇帝想报答隆祐皇太后的无限恩德。祐陵，指隆祐太后。

⑫ 自时厥后：自此以后。

咸淳丙寅⑬，古镜师庆清自当涂隐静山来居之。其始至也，事废不举，地荑不芟⑭，栋挠梁枉⑮，垣断级堕⑯。乃铢积颗聚⑰，以事营缮，勿勤檀施⑱。甫期年⑲，葺三门、经藏佛殿及诸像设⑳，费甚伙㉑。众以为难，师曰："未也。"明年，寝堂、丈室、祠宇、寮院㉒、轩槛、栏楯、器具、床座，莫不毕葺。又明年，为库为庑，为庵为溷㉓，为圊为庐㉔，为坦为逵术㉕，百役踵兴㉖，惟善法堂大役㉗也未易谋。师慨然曰："舍是弗图，吾则不武㉘。"乃倒囊钵㉙，鸠工㉚选材，悉力竭作。未一年而堂成。郡牧总卿赵公㉛嘉其志，特书"天雨宝华"四大字。于是楼阁殿庑，空翔地涌㉜，耽耽奕奕㉝，殆无遗功矣。

　　予闻而异之。夫自浮图氏^㉞之说，以诱胁世俗，疏抄笔句，名曰"化缘"；降气低色，何异道乞^㉟？甚者擭资施之入^㊱而厚私橐^㊲，尚肯^㊳散其所聚哉！清师之风，固^㊴可以愧其徒也。

【注释】

⑬ 咸淳丙寅：咸淳二年（1266）岁在丙寅年。

⑭ 地茀（fú）不芟（shān）：地上野草塞路，不予清除。

⑮ 栋挠梁枉：房屋正梁和横梁弯弯曲曲。

⑯ 垣断级堕：墙垣断开，台阶坠落。

⑰ 铢积颗聚：形容一点一滴地积累财物。

⑱ 勿勤檀施：不致力于请求施舍。檀施，施舍，由梵语檀那与汉语布施合成。

⑲ 甫期（jī）年：刚满一年。

⑳ 葺三门、经藏佛殿及诸像设：修理寺院正大门、存放经藏的佛殿以及众佛像的陈设。

㉑ 伙：众多。

㉒ 寮院：僧舍院落。

㉓ 为庖为湢（bì）：修建厨房、浴室。

㉔ 为圊（qīng）为庐：修造厕所、小屋。

㉕ 为坦为逵术：修造平坦的和四通八达的大路。

㉖ 百役踵兴：许多事情接连兴办。

㉗ 大役：重大的工程。

㉘ 舍是弗图，吾则不武：如果舍弃这件事不去谋划实施，那么我就是没有勇气。武，刚勇。

㉙ 倒囊钵：倾其所积蓄的钱财。

㉚鸠工：聚集工人。

㉛郡牧总卿赵公：当指咸淳五年（1269）至咸淳九年（1273）知镇江府、咸淳六年（1270）起为淮东总领的赵缙。参《至顺镇江志》卷十"刺守"、卷十七"总领所"。

㉜空翔地涌：从地上涌现，在空中耸立。

㉝耽耽奕奕：威严深邃而高大盛美。

㉞浮图氏：佛教徒、僧人。浮图，一作"浮屠"，梵语"佛"的旧译。

㉟道乞：路上行乞。

㊱攫资施之入：夺取由资助布施所得的钱财收入。

㊲私橐（tuó）：私人口袋。橐，袋子。

㊳尚肯：还肯。这里表示反问，有"哪里还肯"之意。

㊴固：实在。

【品析】

这篇文章记叙了南宋后期鹤林寺住持庆清和尚克服困难兴修寺院的情况，充分赞扬他勤奋节俭、不谋私利、不勤檀施、不怕困难的高尚和可贵精神。虽然在中国古代高僧传中并没有他的名字，但他对鹤林寺所作的贡献还是值得铭记的。

文章分为三段。第一段记叙鹤林寺的历史，"住持事非有道行不在选"点明庆清是位"有道行"的僧人。第二段是全文的重点，记叙庆清克服困难营缮鹤林寺的经过。先写他"始至时"寺院的破败情况，作反衬。再通过他的"铢积颗聚，以事营缮，勿勤檀施"，把他勇于面对困难与众人畏难相对比，通过他的言和行、他取得的成就，刻画了他的精神、品格，突出了他的鲜明形象。第三段为作者的议论，通过庆清与有些僧人的对比，赞颂了"清师之风"。文章文辞明洁，叙写生动，对比鲜明，形象突出，堪称佳作。

鹤林阁

清明游鹤林寺

元·萨都剌

青青杨柳啼乳鸦，
满山乱开红白花。
小桥流水过古寺，
竹篱茅舍通人家。
潮声卷浪落松顶，
骑鹤少年酒初醒。
计将何物赏清明，
且伴山僧煮新茗。

【作者简介】

　　萨都剌（1272—1345），字天锡，号直斋。回族人，一说蒙古族人。自称代州雁门（今山西代县）人。泰定四年（1327）进士及第。授京口录事司达鲁花赤，官至燕南宪司经历。工诗词，为元代著名诗人和词人。《新元史》有传。

【解题】

　　清明，农历二十四节气之一，中国人有在此日扫墓踏青的风习。鹤林寺，见前文注。

【注释】

　　乳鸦：初生不久的乌鸦。

　　骑鹤：乘坐仙鹤。

　　新茗：新茶。

【品析】

　　这首七言古诗，据殷孟伦、朱广祁点校的《雁门集》所说，是元成宗大德六年（1302），萨都剌游吴越经商到镇江后所作。当时作者还不到三十岁，所以自称"少年"。此次至镇江以及后来至镇江任京口录事司达鲁花赤时，萨都剌曾多次游南山，作诗十多首，其中写鹤林寺的最多。本诗是年代最早的一首。

　　这首诗写的是清明那天游鹤林寺的情况。一二句以柳树啼鸦、山花乱开，有声有色地渲染出了清明时节春意盎然、生机勃勃的景象。三四句写前往鹤林寺途中所见田园风光。五六句写抵达鹤林寺后的见闻，用夸张和比拟手法，把鹤林寺的松涛声比作潮水的浪涛声，形容松树之多和松涛声之大，以致惊醒了自己的酒意。"骑鹤"是借用唐人"骑鹤上扬州"的典故，把自己比作骑鹤升仙的仙人，以切合游鹤林寺。最后写在寺中品赏新茶，点出游鹤林寺的时间，烘托出闲适心情。

全诗紧扣题意，截取了几个生活片断，层层深入展开，通过清新明丽的文词，运用比喻、描绘、夸张、通感等多种艺术手法，生动地绘写了一个又一个优美形象，创造了一种悠远的意境，表现了诗人潇洒的情致和闲适的心情。此外，全诗前四句用平声韵，后四句用仄声韵，二者自然地组合在一起，显示层次变化，也显得生动活泼，增添了韵味。

清／潘思牧／鹤林烟雨图

招隐山分韵得生字

元·萨都剌

龙飞凤隐知何处，
今日空余黄鹄名。
千古江山围故国，
五更风雨入空城。
猿啼洞府暮云合，
花落祠堂春草生。
何日结茅向青壁，
抱琴坐石听泉声。

分韵，诗歌作法，指数人会合作诗时，先规定以若干字为韵，各人分拈韵字，然后依所分得之韵字作诗，称分韵。此次作者拈得"生"字，据此作诗，称"得生字"。

【注释】

龙飞：帝王兴起。"龙"比喻帝王。

凤隐：贤者隐居。"凤"比喻贤者。

黄鹄：黄色的天鹅，形如鹤。史载，宋武帝刘裕发迹以前曾游息于黄鹄山。见綦毋潜《题鹤林寺》诗"解题"。又，戴颙隐居于招隐山以前，曾止于黄鹄山竹林精舍，见前《戴颙传》所载。

洞府：神仙所居住的地方。这里借指戴颙隐居之处。

祠堂：祭祀祖先或有功德者的庙堂。这里指鹤林寺。

结茅：建茅屋。

【品析】

这首七言律诗当是萨都剌在天历元年（1328）至至顺二年（1331）间任京口录事司达鲁花赤时所作。诗人在其中一年春天与友人同游招隐山，"分韵"赋诗，可谓元代南山诗坛的一段佳话。

全诗围绕招隐山以及黄鹤山的有关史事，化用唐人崔颢《黄鹤楼》、刘禹锡《石头城》诗意，而自出机杼，抒发其沉重、悲凉的历史沧桑之感，表达其思归慕隐之情。一二句扣住宋武帝刘裕发迹以前曾游息于黄鹄山（即黄鹤山）、戴颙曾隐居黄鹄山及兽窟山（即招隐山）的史事，用"知何处"指出他们在黄鹤山和招隐山的遗迹已不复存在；再用"今日空余黄鹄名"，以现实与历史相对照，突出了人事全非而山陵依旧的沧桑之感，奠定了全诗的抒情基调。这两句是通过"黄鹄"这一意象，化用了《黄鹤楼》的诗句和句意。三四句则宕开一笔，写招隐山及黄鹤山所在地区镇江以至六朝故地的今昔变化，以"千古江山围故国"自然环境不变，与"五更风雨入空城"社会和人事之变化，形成强烈对照，进一步拓展和强化了作者的沧桑之感。这两句是化用《石头城》"山围故国周遭在，潮打空城寂寞回"的诗句和句意。五六句又回到"今日",写招隐山"洞府"和黄鹤山"祠堂"春日清幽美好的景象,点明作诗时间在暮春。"洞府暮云合",可望而不可近,含仰慕之情;"祠堂春草生",化用《楚辞·招隐士》"春草生兮萋萋"句意,显示游人甚少,有冷清之感。七八句由前文的怀古思今,自然地引出了思慕隐逸生活的感情,回应上文,突出了题意。"何日"是表示仰慕和希望,"抱琴坐石听泉声"则联系戴颙弹琴、听泉的典故,写出了隐居者自由自在的美好生活,令人向往。全诗巧妙地融入与刘裕、戴颙相关的黄鹤山和招隐山的典故,化用前人诗句和诗意,自然贴切,不露痕迹,而又自出机杼地抒发情怀,清新洒脱,流利畅达,开合有致,跌宕多姿。

明／张復／山水图

鹧鸪天（鹤林寺）

元·李齐贤

夹道修篁^①接断山，小桥流水走平田^②。云间无处寻黄鹤，雪里何人开杜鹃^③？

夸富贵，慕神仙，到头还是梦悠然。僧窗半日闲中味，只有诗人得秘传^④。（皆山中故事^⑤。）

【作者简介】

李齐贤（1287—1367），字仲思，号益斋，又号栎翁。高丽国（今朝鲜及韩国）人。年十五，科举及第，在高丽国曾四度为相。元仁宗延祐元年（1314）随高丽国忠宣王王源至元大都（今北京）。延祐六年（1319），曾随忠宣王进香至江南，经镇江。工诗文。

【解题】

鹧鸪天，词牌名。本词吟咏对象为鹤林寺。

【注释】

① 修篁：高而丛生的竹子。

② 走平田：很快地流过平坦的农田。

③ 开杜鹃：使杜鹃开花。

④ 秘传：秘密的传授，多指独得之秘。

⑤ 皆山中故事：所写都是发生于黄鹤山中的旧事。此句是作者自注。

【品析】

这首词当作于延祐六年（1319）冬作者随忠宣王往江南经镇江时。在现存南山诗词中，它是宋元时期唯一的词作，而且还是现存中国古代南山诗词中唯一的一首外国友人的作品。

就作品本身说，它也很有特色。上片开头两句写往鹤林寺途中所见，概括出环境背景，描写了江南农村一派美好而富有生气的田野风光。后两句针对刘裕曾游息于山中，殷七七能"开非时花"的"山中故事"，分别用否定和反问句突出古人已逝、仙人不见的现实。既突出了作者的感慨和悲凉的心境，又点明时令，并为下片抒情议论奠定事实基础。下片开始三句针对上片所说事实，直接表示对富贵和神仙的否定，精警有力。最后两句再联系李涉《题鹤林寺僧舍》中"偷得浮生半日闲"名句，正面表达追求自在悠闲隐逸生活的主张。一反一正，两面申说，突出了作者的主张。全词抒情言志，文词清浅，寓意鲜明，议论精警，不落窠臼。它对追求荣华富贵、长生不老的社会风气，是一贴"清凉剂"，是有力的针砭。但说"到头还是梦悠然"，不免有虚无主义的色彩，显示了作品的局限性。

招隐禅寺修造记（节选）

元·俞希鲁

　　招隐山在润城西南七里，宋高士戴颙居之。后其女舍宅为寺。至梁时，昭明太子统①尝读书其中，今石案存焉。寺左右二泉，曰真珠，曰虎跑，旱雨无涸溢。关曰万松②，阁曰增华③。阁之前有蔓而葩者，曰玉蕊④。暮春盛开，香满山谷。唐李约⑤佐李锜镇浙西，屡赞寺境丽秀，为州冠绝。其后，名人胜士至京口幽寻奇探，必于招隐是游⑥。若东坡苏公⑦、南宫米公⑧，赋咏相继。灵踪异迹历千二百载⑨，实维江南名刹。

【作者简介】

　　俞希鲁（1275—1369），字用中。祖籍平阳（今浙江温州）。祖父起侨寓京口，因而为京口人。希鲁幼承家学，工古文，与邑中青阳翼、谢震、顾观合称"京口四杰"。以茂才除庆元路（今浙江宁波）教授。官至松江府（今属上海）同知。

招隐禅寺，即招隐寺。禅寺，佛教寺庙。《至顺镇江志》卷九称之为"禅隐寺"。本篇节选自《招隐山志》卷十。

【注释】

① 昭明太子统：指南朝梁武帝之子萧统(501—531)，谥昭明，世称昭明太子。《太平寰宇记》载："招隐山……梁昭明太子曾游此山读书。"

② 万松：关名。《至顺镇江志》载："万松关：宋郡守李迪立于寺前，并题扁于华表柱。"

③ 增华：阁名。一名招华。《全芳备祖》载："招隐寺…方丈有阁，号招华，梁昭明太子选文于阁。"《至顺镇江志》载：禅隐寺"有增华阁"。

④ 玉蕊：见本书唐李德裕《招隐山观玉蕊树戏书即事奉寄江西沈大夫阁老》诗。

⑤ 李约：唐代诗人，生卒年不详。贞元二十年(804)为浙西节度使(治地润州)李锜的从事。唐赵璘《因话录·商部上》载："(李约)初至金陵(指润州)，于府主庶人锜坐，屡赞招隐寺标致。"

⑥ 招隐是游：游招隐寺。"是"是使宾语"招隐"前置的助词。

⑦ 东坡苏公：指北宋苏轼。

⑧ 南宫米公：指北宋米芾。

⑨ 历千二百载：此处所指不详。如果从东晋戴颙算起，到作者撰此记时，时间约九百年。

皇元混一区夏⑩，兵燹⑪之余，寺之土田物产悉夺于人⑫。至元己卯⑬，开山沙门惟寅爰始考察图籍，直于官⑭而业稍复。大德辛丑⑮，玉岩蕴上人又得故碑而树之，乃尽得故物。然寺刹制草创，栋扶楣杜⑯，茁薿弗除⑰。后至元丙子⑱，平川洪师来继法席⑲，睹兹凋敝，慨然以兴复为己任。

师道誉素隆，远迩归敬，而约已自励。岁未再周⑳，百废具举。抗巨殿于岩阿㉑，敞崇轩于林表㉒。禅诵之堂㉓，经行之室㉔，以次修建。象设㉕庄严，径庭邃窈，斋庖湢匽㉖，靡不完饰㉗。奂焉轮焉㉘，非复往昔之芜陋矣！（下略）

【注释】

⑩ 皇元混一区夏：元朝统一中国。区夏，诸夏地区，指中国。

⑪ 兵燹（xiǎn）：指因战乱遭受的焚烧毁坏等灾害。燹，野火。

⑫ 悉夺于人：全部被外人所夺。

⑬ 至元己卯：元世祖十六年（1279）。

⑭ 直于官：向官府申诉，以求公正。

⑮ 大德辛丑：元成宗大德五年（1301）。

⑯ 刹制草创，栋扶楣杜：寺庙建设刚刚开始，栋梁倒伏，横梁断裂。

⑰ 菑（zì）翳（yì）弗除：枯死的树木没有清除。菑，树木植立而枯死。翳，树木枯死倒伏。

⑱ 后至元丙子：元惠宗至元二年（1336）。

⑲ 法席：寺庙住持。

⑳ 岁未再周：不到两年。

㉑ 抗巨殿于岩阿（ē）：宏大的佛殿高立在山边。阿，山边。

㉒ 敞崇轩于林表：高大的殿堂敞立在林端。

㉓ 禅诵之堂：诵经的佛堂。

㉔ 经行之室：养身散闷往来行走的房屋。

㉕ 象设：佛堂陈设。

㉖ 斋庖湢（bì）匽：斋房、厨房、浴室、卧室。湢，浴室。匽，通"偃"，仰卧，这里指卧室。

㉗ 靡不完饰：没有一样不是完备整齐。

㉘ 奂焉轮焉：鲜明高大。奂，鲜明。轮，轮囷，高大。

【品析】

这篇文章当作于招隐寺在元惠宗至元二年 (1336) 重建后的至元三年（1337）或稍后。从记中不但可以看到宋元时招隐寺景点的概况及分布情况，也看到了宋元之际的战乱对于社会的严重破坏，连佛教净土也未能幸免，更看到了元代几位住持为重修招隐寺所作的不懈努力和可贵精神。

这篇文章的节选部分，按内容可分为两段。第一段概叙招隐寺遭遇宋元之际战乱以前的情况。介绍完它的来历之后，就重点讲寺边的景点、人们的评价和名人胜士的赋咏。第二段叙写元初以来三位僧人先后恢复和重建招隐寺的情况，重点写洪师重修招隐寺。文章围绕中心，详略分明，条理清晰，文词省净，形象生动，在客观的叙写之中流露出作者咏赞美景、颂美高僧的感情。

增华阁

晚至鹤林寺

明·王偁

问讯山人指白云，数声烟磬隔溪闻。
竹房灯静知僧梵，松院苔深见鹤群。
听法夜阑山寂寂，懒吟衣上月纷纷。
晓钟又逐尘缘散，此地心期孰与论？

【作者简介】

王偁（生卒年不详），字孟扬。原籍东阿（今属山东），随父流寓闽中（今属福建）。洪武二十三年（1390）考中举人。永乐年间（1403—1424）授翰林院检讨，参修《永乐大典》。因解缙案受牵连下狱而死。工诗，为闽中十才子之一。

【注释】

山人：这里指山居之人。

烟磬：云烟中传出的钟磬声。

梵：梵宇，即佛寺。

听法：听讲佛法。

夜阑：夜将尽。

懒吟：懒于吟诗。

尘缘：佛教名词，指人心与尘世间色、声、香、味、触、法等"六尘"有缘分，受其拖累。也泛指世俗的缘分。

心期：心意、心愿。

孰与论：对谁说。这是问句语气。

【品析】

　　这首七言律诗具体写作时间不详。从写作角度说，一般写游鹤林寺的诗，多是从白天游寺的角度写，但本诗如诗题所说，是写"晚至鹤林寺"，叙写留宿寺中的经过和心情，突出了鹤林寺的夜景和"夜生活"。

　　一二句写到鹤林寺之前的情况，诗人当是初游鹤林寺，不熟悉路径，所以开始就写向"山人"问路，而"山人"指向白云生处，告诉了他路径。叙事之中巧妙地写景，烘托出鹤林寺的幽深悠远和令人神往。而在接近鹤林寺时，未见其寺，先隔溪听到了从云烟中传来的寺里晚课的钟磬声，渲染了鹤林古刹的庄严肃穆气氛，并暗点"晚"字。三四句写至寺所见，从"竹房灯静""松院苔深"写寺中环境的幽静安详，无尘俗之气，令人清心静虑。五六句写夜宿鹤林，听法"赏月"，进一步点出题目中的"晚"和"鹤林"。听法至"夜阑"，诗人心中也如寺所在山林一样寂然宁静。"尘缘"尽散，所以任凭明月照人，也不想操心劳神，也不产生"诗情"，而是"懒吟"，从而突出了"听法"净化心灵的效果和诗人所达到的一种境界。最后两句写晨起心情。诗人闻"晓钟"而起，感到这"晓钟"也能清神静虑，"又逐尘缘散"，即进一步驱散了尘世的俗虑，因而产生"此地心期孰与论"的想法，也就是说，自己的感悟达到了一种无处言说也无法表述的境界。这就更突出了晚至和住宿鹤林寺的经历产生了净化心灵的效果。

　　全诗紧扣诗题，叙事、写景层层展开，诗人的心情和感受也随之步步深入，三者结合得巧妙自然。

鸿鹤山庄

明·杨一清

鸿鹤冥冥事已遥，清溪曲曲下通潮。

镜中白发谁能变？江上青山可待招。

兴到登临随短屐，客来倾倒醉长瓢。

郡城相望无多路，也得幽居远市朝。

【作者简介】

　　杨一清（1454—1530），字应宁，号邃庵，又号石淙。祖籍安宁（今属云南）。其父葬于丹徒，遂落籍丹徒。成化八年（1472）进士及第。正德年间（1506—1521），官至左都御史。遭宦官刘瑾诬构入狱，经营救获免。嘉靖年间（1522—1566）官至内阁首辅。复遭诬落职。退居丹徒。《明史》有传。

【解题】

鸿鹤山庄，在黄鹤山下，为杨一清退居丹徒时所建。后废。鸿，义为鹄，即天鹅，其义与鹤有区别。庄名鸿鹤，当是因山名黄鹄，又名黄鹤，综合二者而成。此诗原题作《致仕出城途次所占》，为《归兴忆京口诸山庄》诗之第四首。

【注释】

冥冥：高远、深远。

短屐：即登山屐，用于登山的木屐。

长瓢：长而大的酒瓢。

幽居：幽静的居处。

市朝：街市与朝堂，泛指争名夺利的场所。

【品析】

这首七言律诗是杨一清嘉靖八年（1529）遭受排挤出京城时作，时年七十六。杨一清在宦官刘瑾气焰嚣张之时敢于与之作斗争，是一位具有正气的官员。他晚年建鸿鹤山庄于黄鹤山下，并隐居其间，像南宋陆秀夫早年寓居鹤林寺一样，也丰富了南山文化的内涵，为南山增添了光彩。

这首诗题目原作《致仕出城途次所占》，咏写的是鸿鹤山庄，表达的是遭受排挤后的"归兴"。全诗扣住这个题目，层层展开叙写。一二句写山庄的得名和位置。"鸿鹤冥冥事已遥"在说明山庄得名于"鸿"（黄鹄山）"鹤"（黄鹤山）的同时，既指出了有关黄鹄、黄鹤的传说历史悠久，又指出了与黄鹄、黄鹤传说相关的刘裕兴起的事迹也已久远难觅。"清溪曲曲下通潮"则进一步写山庄面对清溪，而清溪则流入可通潮水的运河。这两句叙写之中，暗含山（黄鹤山）水（清溪）依旧而人事（鸿鹤传说及有关人事）已非的深沉感慨。三四句写将致仕退居山庄的原因。明明是遭受排挤退居家乡，诗人却说成是因白发增加、年龄老大这一无法改变的自然规律而退居"江上"，与青山为伴，可谓婉而多讽。五六句想象山庄的生活。从兴致产生了就信步登山，客人来到了就饮酒尽醉这两件事，表现了生活的闲适自在。最后两句总结山庄之佳：它与"郡城"相近，但又幽静宜于隐居，远离"市朝"。它们化用了陶渊明《饮酒》诗"结庐在人境，而无车马喧。问君何能尔，心远地自偏"的诗意。这两句表现了诗人对山庄的赞许和对山居生活的喜爱，同时又表现了对争名夺利现实的憎恶，也表明了诗人"心远地自偏"的思想感情。这首诗表面看来写得"和平畅达"(明应麟《诗薮续编》卷一评)，实际上意在言外，隐含着诗人内心的复杂感情，值得深入体味。"镜中"一联写得自然而又工妙，尤为耐人寻味。

明 / 宋旭 / 城南高隐图

同僚友游招隐寺

明·吴执谦

耕省山农春欲深，经过野寺一登临。

观泉政猛嗟防虎，抚树音和喜听禽。

三径落花红入座，一庭修竹绿眠琴。

诸君何以升平答？廑念苍生愿寸心。

【作者简介】

吴执谦（生卒年不详）,字文台,临川（今属江西）人。隆庆五年（1571）进士及第。万历八年（1580）前后任镇江知府。

耕省（xǐng）山农：农耕时节探望山区农民。省，察看、探望。

政猛嗟防虎：嗟叹并防止如猛虎吃人一样繁琐、残暴的政令。《礼记·檀弓下》："苛政猛于虎也。"这里用其意。

三径：归隐后所住的田园。这里指戴颙曾隐居过的招隐寺。

红：红花。

一庭：满庭院。

绿眠琴：映绿了横卧的木琴。

升平答：报答太平时代。升平，太平。

廑（qín）念苍生愿寸心：但愿心中能怀着恳切深厚的情意，想着老百姓。廑，殷勤。

【品析】

这首七言律诗是万历八年 (1580) 作者任镇江知府时所作，参与此游的丹徒知县徐桓也作有《陪文台太守游招隐寺和韵》。值得注意的是，在吴拯谦之前还没有诗人在游寺时表达对民生疾苦的关怀。例如，元代萨都剌任京口录事司达鲁花赤（相当于县令）时，虽然写过不少与鹤林、招隐有关的诗，但一首也没有涉及民生。而在吴拯谦作此诗之后，徐桓的和诗中也说："惟祝流泉化甘雨，出山慰我济时心。"其后，万历二十一年 (1593) 任镇江知府的王应麟在《游招隐寺》诗中也说："惟恐麦田滋养缓，郊原满冀雨流膏。"他们当受吴拯谦这首诗的影响。而从南山文化的角度说，这样的诗也发展和丰富了南山文化的思想内涵。

从诗歌本身说，吴拯谦的这首诗写得题旨正大，文词清畅，即景抒怀，巧妙用典，开合有致。一二句写游寺原因，突出是"耕省山农""经过野寺"，并非是专程游寺。同时这两句还交代了游寺的时间。这样就为下文作好铺垫。三四句写游寺，结合赏景抒发感想。第三句写赏泉，由虎跑泉的名称联想到"苛政猛于虎也"，"嗟"字表现出对"苛政猛于虎也"的感叹，其中也含有自警和劝诫同僚之意，显示出作者对民生疾苦的关怀。第四句写听禽，以禽声之"和"烘托出作者的和美心情。而"和"与"猛"形成强烈对照，反衬出"政猛"之害。这一句是化用了戴颙在树下听黄鹂的典故。五六句仍围绕戴颙在招隐寺的典故，写寺中景象：红花落在座上，绿竹映照眠琴，幽静安闲，令人神往。但这种环境和生活，对于心系苍生的官员来说，却是不能安享的，所以最后两句借用杜甫《诸将》"诸君何以升平答"诗句，用自问自答的方式，提出了对"诸君"即同僚和友人的希望，希望大家要心怀苍生，关爱百姓。同时这也是诗人在倾诉自己的志向。作为封建社会中的一位地方"父母官"，有这样的思想境界，也是难能可贵的。

芝兰堂

秋日游招隐寺

明·庞时雍

有秋喜得稻粱丰，出郭寻幽过梵宫。

万壑松阴连霭翠，四山枫叶夺霞红。

泉流虎鹿都逾净，峰览金焦不数雄。

幸与吾民共休息，鸿嗷免赋荷天公。

【作者简介】

　　庞时雍（生卒年不详），字景和，汶上（今属山东）人。明万历二十年（1592）进士及第。授丹徒知县，有政绩。后任户部、兵部主事。

【注释】

有秋：有收获，指丰收。

梵宫：佛寺，指招隐寺。

霭：云气。

夺：胜过。

逾：通"愈"，意为更加。

休息：休养生息。

鸿嗷（áo）免赋荷（hè）天公：老百姓生活困苦哀求免除赋税之时，蒙受了上天的恩惠，获得了丰收。鸿，鸿雁，比喻百姓。嗷，哀叫。荷，承受恩惠。

【品析】

这首七言律诗是庞时雍任丹徒知县，在秋天丰收之后游招隐寺时所作。他这次游寺，当含有欢庆丰收、与民同乐的意思在内。开始两句叩题，写"出郭寻幽"游招隐寺，是在"有秋"之后，欣喜之时，突出了游寺的背景和心情，奠定了全诗的抒情基础和基调，表现了与民同乐的思想。"象由心生"，在这种情况下，诗人所见所闻都显得那样令人心旷神怡。中间四句就是绘写在这种情况下，招隐寺一带的景象。"万壑"两句用夸张和渲染的笔调，通过松翠与山翠相连、枫红与霞红相映，突出招隐寺一带景象的明丽可喜。"泉流"两句，用对比映衬的手法，通过描写观泉、登览时感到虎鹿二泉今日比往日更加明净，金焦二山今日也不如南山雄丽，突出诗人游寺的欣喜心情。最后两句直抒情怀，表达了丰收以后能与百姓"共休息"，以及对百姓在生活困苦之时获得丰收的欣慰和喜悦的心情，揭示了诗作的主题。

这首诗在现存南山诗中很有特色。首先，诗人以生动鲜明的形象表现了因农民获得丰收而产生的发自内心的喜悦之情，同时又客观揭露了明代苛重的赋税给人民带来的痛苦，这是同时期其他官员诗中所未曾见到的。其二，前人常说："穷苦之词易工，欢愉之意难好。"本诗在表现因农民丰收而产生的欢愉之意方面，写得真切感人，明丽畅达，声韵和美。这也是现存古代南山诗中很罕见的。

招隐寺赋

明·刘乾

此寺在润州之南垌^①，山水深闳秀特，烟霞涧毛^②皆不凡。予官京口，恒企慕^③之。辛丑初，始约游之，而又赋之。

其始，穿竹田以行，崎岖诘曲，十余里而后至。草木幽异，猱猿下来。空谷无人，水流花开。寺门东向，趾古构新^④。茅茨接于碧瓦，画墙见^⑤乎苔侵；青山澹乎吾虑，潭影空乎人心。噫，予何来之晚也！

寺之东南，山气森肃^⑥。泉名虎跑，石泓万斛^⑦，色若渍蓝^⑧，声如戛玉^⑨；下注三坎^⑩，雷奔雪触^⑪。悬崖赴壑^⑫而不危，附川到海^⑬而气足。呜呼奇哉！古人之文，流出肝肺，混混而不竭者，甚有似于斯，而今也不在於！仆旧闻有昭明太子，昔曾养晦^⑭读书于此，安得起九原^⑮而与之言哉？

【作者简介】

刘乾（生卒年不详），号易庵。《招隐山志》中署为明人。赋序自称"官京口"，辛丑初游招隐寺。

【注释】

① 南坰：南边很远的郊野。

② 涧毛：山涧边的草。

③ 企慕：敬仰思慕。

④ 趾古构新：寺庙建于旧址，房屋是新的。"趾"，通"址"。构，房屋。

⑤ 见（xiàn）：同"现"。

⑥ 森肃：浓密幽暗。

⑦ 石泓（hóng）万斛：山石间水很深且水量很大。泓，水深。

⑧ 渍蓝：浸泡着的蓝草。

⑨ 戛（jiá）玉：敲击玉片，形容声音清脆悦耳。

⑩ 坎：坑。

⑪ 雷奔雪触：涧水奔流时发出雷一样的轰鸣，碰到山石飞溅时如雪花一样洁白。

⑫ 悬崖赴壑：悬挂在山崖边，奔向山壑。

⑬ 附川到海：归向大江，奔流入海。

⑭ 养晦：隐居待时。

⑮ 安得起九原：怎么能够使他从九泉之下活过来。

和畅轩

忽然，天风吹衣，林木清啸。仙邪？鬼邪？万窍叫邪？客有五人者，携壶促予披云上征，求所谓读书台而吊之。立孤峰以展眺，探古洞而搜异，拂藓文⑯之半封，怅石章⑰之灭既⑱。云冉冉以闲飞，风飔飔⑲而晴吹。惊怪木之如龙，悦鸟语之禅味。悟我生之无始，卑佛书之揭谛⑳。假使昭明之犹在，将谓此语之不易。彼既与未死而俱往，吾故乘元化㉑而再至。台之上兮多月明，台之下兮古道不可行。茅山青兮练湖平，美人不复兮我心如萦㉒。遂与客蹑㉓云根㉔，缘鸟道，踞磐石㉕而坐焉。

烟霞极目，其平如席。残阳一片，万屋露脊。参苍间赭㉖，如画如织。阅大块㉗之文章㉘，叹斯游之奇迹。已而，悲风凄其㉙四起，暝色合乎寒城。客待予而俱返，别遣谢㉚乎山灵。

【注释】

⑯ 藓文：苔藓掩盖着的石碑上的文字。

⑰ 石章：石碑上的文章。

⑱ 灭既：既灭，即已经消失不见。

⑲ 飔（sāo）飔：风声。

⑳ 揭谛：揭示真理。谛，佛家语，真言、真理。

㉑ 元化：造化，大自然的发展变化。

㉒ 萦：缠绕。

㉓ 蹑：踩。

㉔ 云根：深山高处云起之处。

㉕ 磐石：大石。

㉖ 参苍间赭：青苍色间杂着赭红色。

㉗ 大块：大地。

㉘ 文章：错综华美的色彩或花纹。

㉙ 凄其：寒冷的样子。

㉚ 别遣谢：告别。

【品析】

这篇赋曾收录于《全唐文》卷九百五十三，但《全唐文》未注明出处，而且文章也有删节。今据《招隐山志》卷五，知此赋确为明代刘乾所作。该志正文前有序，可知当是全文具录，《全唐文》系误收。从赋序自称"辛丑初"游招隐寺看，此赋最早当作于明永乐十九年辛丑年（1421），最晚当作于明万历三十九年辛丑年（1611）。今姑置于陈永年《珍珠泉》诗之前。值得注意的是，赋中说"旧闻有昭明太子昔曾养晦读书于此"，这种说法较元代俞希鲁《招隐禅寺修造记》所说有更多的内容。而笪继良《昭明读书台》中的"凄凉蜡作鹅"诗句，也似乎含有此意。至清人，"养晦"之说则相当流行了。

从文学的角度看，本赋写得相当出色。它在以清丽、畅达的文字记叙游寺全过程的同时，结合写幽奇之景，抒强烈感受，发奇思妙想，将形象描绘与想象、夸张等熔于一炉，起伏跌宕，产生了强烈的艺术感染力量。第一段写至招隐寺。"草木"等环境描写，"寺门"等寺貌描写，突出招隐寺环境之美。"予何来之晚"的嗟叹，显示出赞赏之情。第二段写寺周围景象，重点写虎跑泉。有色有声，很有气势。接着联想到"文"，联想到萧统读书台。抒情议论相结合，将文意推进一层。第三段写登读书台。在渲染"天风吹衣"的气氛之后，重点写登台所见所思，深化了对人生哲理的思考，是全篇高潮。第四段写黄昏日落凄清景象，抒发了离开时留恋而又悲凉的心境，深化了思想感情，令人回味无穷。

珍珠泉

明·陈永年

咫尺鲛宫一练开，杖驱清浅倒蓬莱。

军持挥洒花千片，仙掌沉浮露几杯。

白虹渴饮苍烟底，冰壶玉绠扶云起。

明月明珠竞走盘，不愁泪尽鲛人死。

【作者简介】

陈永年（生卒年不详），字从训，丹徒人。生活于明嘉靖年间（1522－1566）。好学不仕。曾与邬仁卿、茅溱等结社于招隐寺。工书画，能诗。

【解题】

珍珠泉，一作真珠泉，为招隐山名泉之一。《至顺镇江志》卷七记载："真珠泉，在招隐寺西北一里山下。源发于西南山。（宋苏子瞻《游鹤林招隐寺》诗：'岩头匹练兼天净，泉底真珠溅客忙。' 以其泉圆浅若贯珠，故名。）"

【注释】

鲛宫：神话传说中鲛人居住的地方。传说鲛人居住于南海海中，哭泣时眼泪能成为珍珠。

一练：一匹白练。练，煮得柔软洁白的布帛，多指洁白的熟绢。

清浅：指天上的银河。《古诗十九首》"迢迢牵牛星"中说："河汉清且浅"。这里以"清浅"指代"河汉"，即银河。

蓬莱：神话传说中的海上神山。

军持：梵语。意为净瓶，僧人游方时携带以贮水。这里当指佛祖所持的净瓶。

仙掌：仙人的手掌。

白虹：白色长虹。传说虹能吸水。

冰壶：盛冰的玉壶。

玉绠（gěng）：玉制的汲水桶上的绳索。

竞走盘：争着在盘中很快地滚动。

【品析】

这首七言古诗具体写作时间不详。它连用八个鲜明生动的比喻，绘写珍珠泉的美好形象。前两句写珍珠泉水自山头飞溅而下的景象。首句写形貌，说它如同近在咫尺的鲛人宫殿中张开了一匹白色的绸缎，由上而下垂挂着流向山下，晶莹光亮，形象优美。次句写水势，说它如同天河的河水被仙杖驱赶着飞快地倒向蓬莱仙岛，声势浩大，不可阻遏。三四句写珍珠泉之美。第三句写泉水之形，说它如同佛祖挥洒净瓶里的水形成的花朵一样成千上万，非常美妙。第四句写泉水之味，说它如同沉浮在仙人手掌中的很多杯甘露，水味甘美。五六句写泉水溅落池中的景象。第五句说泉上溅起了水汽，升起了彩虹，

如同白虹在苍烟之下饮水，第六句
说泉中如同系着玉绳的冰壶，里面
云气在汹涌。这样的景象非常奇妙。
最后两句叩题，写水珠，说泉水的
水珠如同明月之下的颗颗明珠，争
着在盘中滚动，晶莹圆润，而且明
珠很多，生生不已。它们并不是鲛
人的泪珠，所以也不必担心鲛人的
死活。这就回应首句"鲛宫"，突出
珍珠泉之"珍珠"与鲛人之珠不同。
这八个比喻想象丰富、瑰丽多姿，
它们有机地组合在一起，绘声绘色、
写形传神，显示了作者的独特匠心。
而在声韵方面，前四句用平韵，后
四句用仄韵，不但显示出层次的变
化，而且也显得活泼生动、跌宕多姿。

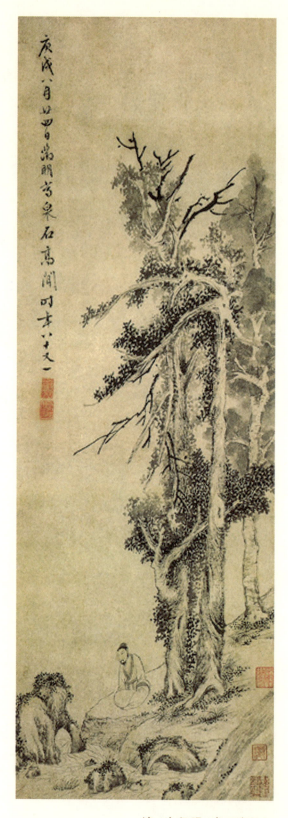

清 / 文征明 / 泉石高闲图

昭明读书台

明·笪继良

不复书声作，惟闻梵呗多。

空庭丛碧藓，破壁缀青萝。

清澈泉流鹿，凄凉蜡作鹅。

至今留石案，故事话维摩。

【作者简介】

笪继良（生卒年不详），字我箴，句容人。后随父居镇江，明万历十九年（1591）乡试及第，累迁工部郎中、总河都御史。因魏忠贤矫命罢官。魏败，起用为户部侍郎，出守汀州（今福建长汀）。升山西平阳（今山西临汾境内）道，未就职而归，卒年八十一。《明史》有传。

昭明,南朝梁武帝太子萧统 (501—531) 的谥号。按北宋乐史撰《太平寰宇记》载:"招隐山在县西南七里。梁昭明太子曾游此山读书,因名招隐山。今石案古迹犹存。"

【注释】

书声作:出现读书声。

梵呗:佛教作法事的赞叹歌咏。

青萝:青色的松萝。

泉流鹿:流淌着鹿跑泉的泉水。

蜡(zhà)作鹅:制作蜡鹅。蜡,祭祀名。蜡鹅,用于祭祀的鹅。《南史·萧统传》载,萧统在中大通元年(529)生母丁贵嫔去世后下葬时,因道士说"地不利长子",便将蜡鹅等物埋在其母墓侧长子之位,此事被宫监密奏梁武帝,梁武帝遂诛杀道士,萧统因此

读书台

惭愧忧愤，不久去世。

　　石案：见"解题"所引。石案刻有"普通元年，岁在庚子"八个字。"普通元年"为公元 520 年。此石案在"文革"中不知去向。

　　故事：旧事、往事。

　　维摩：萧统小字维摩。

【品析】

　　这首五言律诗咏写的是招隐山的昭明读书台。关于招隐山有昭明读书台之事，现存地志中最早见于《太平寰宇记》，而为诗文所咏写的，则较早见于明人所作。笪继良的这首《昭明读书台》诗是出现得较早，且颇有感情的一篇。

　　这首诗是咏读书台以感叹萧统生平。前四句从"读书台"落笔，写读书台荒凉残破的现状。一二句侧面写读书台。以"不复书声作"与"惟闻梵呗多"对照，用招隐寺中"梵呗多"的喧闹兴盛景象反衬读书台里无"书声"，突出了读书台人去台空，冷清寂寞的状况，隐含着作者的深沉感慨。三四句正面写读书台本身。第三句承接第一句，写台内庭"空"而且青苔成丛，可见长期荒凉无人居住。第四句进而写屋壁，屋壁不但"破"，而且青萝连缀，可见长期残破，无人收拾。隐士所居多用青萝，所以这里以"青萝"暗示萧统读书于此含"养晦"之意。这两句是通过环境描写来烘托作者的悲凉心境。后面四句是从"昭明"即萧统其人落笔，表示对读书台主人公萧统遭遇的感慨。五六句以台边的遗迹鹿跑泉比喻萧统的"清澈"即高洁品格，从而联想到这样的人身前却遭遇蜡鹅之祸，蒙受冤屈，晚景凄凉，寄寓了作者的同情和悲愤。七八句则从台中石案犹存，引起人们谈论萧统的"故事"，显示萧统身后事迹长存，寄寓了作者的敬仰和缅怀。

　　全诗就是这样扣住主题，咏物写人，把写景与叙事、抒怀融为一体，层层深入地抒发了作者睹物思人、抚今思昔，沉痛悲凉的思想感情。这种感情很可能与他受到魏忠贤的打击有关。作者是借此抒发自己的块垒。"清澈"一联尤为工巧锤炼，深沉有力。

沁园春（招隐看梅）

明·邬仁卿

十里江城，共向春风，寻到梅花。想三更幽梦①，影移石罅②；一声梵诵③，香沁窗纱。铁骨④峥嵘⑤，冰姿⑥修洁⑦，可是神仙萼绿华⑧？今宵醉，且休吹玉笛⑨，只按红牙⑩。

槎枒⑪绮席⑫横斜。恨知已难逢好句赊⑬。但已伴零落，金铃⑭莫系；不甘争媚，锦幕休遮。冷欲侵人，清能绝俗，肯让狂蜂坐晚衙⑮？风流话，道林逋⑯妻汝⑰，端不争差⑱。

【作者简介】

邬仁卿（生卒年不详），字汝文。丹徒人。明嘉靖三十一年（1552）举人。选知湘潭县（今属湖南），改知龙阳县（今湖南汉寿）。所至士民爱敬。好为骈语，有时名。

【解题】

沁园春，词牌名。本篇主题为"招隐看梅"。

【注释】

① 幽梦：隐隐约约的梦境。

② 石罅（xià）：山石间的缝隙。

③ 梵诵：诵佛经的声音。

④ 铁骨：铁打的骨头。这里形容梅花的枝干瘦硬有力。

⑤ 峻嶒：高峻突兀。

⑥ 冰姿：像冰一样清莹纯洁的姿貌。这里形容梅花的清冷高洁。

⑦ 修洁：高长而洁净。

⑧ 萼绿华：传说中的女仙名。人们把绿色萼片的梅花比做仙人萼绿华。

⑨ 吹玉笛：吹笛。古人常借吹笛表达思乡离别之情。

⑩ 按红牙：用手按捺红牙。红牙，调节乐曲板眼的牙板。以檀木制成，色红，故名。也泛指檀木制成的乐器。

⑪ 槎枒：枝条岔开。

⑫ 绮席：华美的座位。

⑬ 赊：稀少。

⑭ 金铃：金属铃铛。古人有系金铃以护花的风习。

⑮ 肯让狂蜂坐晚衙：怎么肯让轻狂的蜜蜂落在花上？坐晚衙，官吏晚间坐堂治事。这里是比喻狂蜂飞在花上呈现轻狂。

⑯ 林逋：（967—1029），字君复，钱塘（今浙江杭州）人。隐居西湖孤山，终身不仕，也不婚娶，自称"梅妻鹤子"。

⑰ 妻汝：以你为妻。汝，指梅花。

⑱ 端不争差：实在不错。端，实在。争差，差错。

【品析】

　　这首词具体写作时间不详。但它是现存很为罕见的咏写南山景物的明人词作。而且，词中所写的虽然只是招隐山的梅花，但它所表现出的梅花那种"铁骨峻嶒，冰姿修洁"的形象，"不甘争媚""清能绝俗"的精神，却与戴颙等人的隐逸精神，周敦颐《爱莲说》所倡导的"莲花"精神，岳珂、陆秀夫等忧国忧民的精神，以及玄素普度众生的精神，都有相通或互补之处。

这首词是写春天在招隐山观赏梅花，绘写梅花的形象，咏赞梅花的精神。上片是写梅花的形象。开头三句写寻梅。"十里江城"，暗点赏梅地点是在距"江城"即镇江市区约"十里"的招隐山，叩题。"共向春风"，交待寻梅时间，表明赏的是春梅。"寻到梅花"，揭示出咏写的主体是梅花。"想三更"四句从梅"影"、梅"香"侧面写梅的生长环境。"石罅"说梅花长在山中，"梵诵"说梅花长在寺旁，烘托出梅花的风神和芳香。"铁骨"三句正面描写梅的枝干如"铁骨峻嶒"，姿貌如"冰姿修洁"，真是不同凡俗，再用"可是神仙萼绿华"反问，突出了梅花超群绝俗、刚健高洁的形象。"今宵醉"三句写饮酒赏梅，转入下片。下片承接赏梅，先从梅的角度写。"槎枒"两句写梅之"恨"，它岔开枝条横斜着伸向"绮席"即赏梅者的座位，对"知已难逢"、很少有咏梅的"好句"，感到"恨"即遗憾。"但已伴"四句写梅之愿，由于是春梅，所以是"已伴零落"，但它不要求依习俗扣"金铃"来保护它；它不甘与百花"争媚"，所以也不要求用"锦幕"遮挡保护它。这暗含陆游《卜算子·咏梅》所说"无意苦争春，一任群芳妒。零落成泥碾作尘，只有香如故"的意思在内。"冷欲"句开始，又转入从作者的角度赞梅。"冷欲"三句是赞美梅花孤傲、清高，以及不向"狂蜂"即卑俗之人低头的品格。"风流话"三句回应"知已难逢"，指出梅的品格自会得到高士们的赏识。既扣住了戴颙隐居招隐山的典故，又显示了作者对自己的期许。

这首词在艺术上也颇有特色。首先是成功运用了比兴手法，将梅花当作人来写，从不同的角度，层层深入地绘写梅花的形象，展现梅花的精神。这一点，从上面的简析中已可看出。其次是成功运用了典故，"神仙萼绿华""林逋妻汝"等是明用有关梅花的典故；"休吹玉笛""金铃莫系"等都与咏写梅花的诗词有关；"三更幽梦"四句和"槎枒绮席横斜"等句，也化用了林逋《咏梅》"疏影横斜水清浅，暗香浮动月黄昏"的诗意。诗人将有关典故融入词中，加强了表达效果。

十三松

明·邬佐卿

郁郁徂徕种，苍苍冰雪中。
几年常傍佛，一旦已扫空。
入手成谈麈，盈庭受午风。
曾因僧欲返，杖干忽朝东。

【作者简介】

　　邬佐卿（生卒年不详），字汝翼，丹徒人。邬仁卿弟。少为贵公子，不乐仕取。晚年耽于道术。明万历十六年（1588）留杭州。后卒于僧舍。能诗文。

十三松是生长于鹤林寺前的十三株松树，为鹤林寺一景。寺僧欲砍伐以换钱，被杨一清出钱保护下来，因杨一清官至太傅，故又称为"太傅松"。但后来终于被"鄙夫"所砍伐。

【注释】

郁郁：繁盛的样子。

徂徕：山名，在今山东泰安东南。春秋时属鲁国。《诗经·鲁颂》载："徂来之松，新甫之柏。"徂来即徂徕。可见当时徂徕山的松树很有名。

几年：多少年。这里意为很多年。

谈麈（zhǔ）：古人谈论时所执的拂尘。麈，兽名。古人认为它的尾巴能去灰尘，所以用它的尾巴上的毛做拂尘，拂尘又称麈尾。按：此处"麈"原作"尘"。从文义及格律看，当是"麈"之误。今径改。

曾因僧欲返，杖干忽朝东：《太平广记》卷九十二"玄奘"载："初，奘将往西域，于灵岩寺见有松一树。奘立于庭，以手摩其枝曰：'吾西去求佛教，汝可西长。若吾归，即却东回，使吾弟子知之。'及去，其枝年年西指，约长数丈。一年忽东回。门人弟子曰：'教主归矣。'乃西迎之，奘果还。"这两句用此典故。

【品析】

这首五言律诗是作者五律组诗《鹤林寺怀古六首》的最后一首。这组诗咏写了鹤林寺的马祖师塔、米元章祠、竹院、莲池、杜鹃花及十三松共六处景点，对于了解明代该寺有关景点的情况，有一定认识意义。《十三松》这首诗咏写的是遭到砍伐的十三株松树。诗人另外在七绝《十三松》中也曾咏及："亭亭松树十三株，傲雪凌霜岁月徂。鸾尾凤鳞今不见，白云无主暮山孤。"可看。

这首诗抒写的是对已被砍伐的十三松的悼念之情。一二句称赞十三松品种高贵、不畏严寒。首句用《诗经·鲁颂》的典故。三四句写十三松的遭遇：它们多年长在鹤林寺边，靠近佛祖，沾有佛性，是其幸运，但一下子被砍光了，是其不幸。五六句化用南宋林景熙《访僧郊庵次韵》"寂寥午夜松风响，疑是神仙接麈谈"句意而加以变化，写十三松遭砍伐后树枝成为拂尘的木柄，大材小用。最后两句用玄奘取经的典故，说十三松具有灵性。全诗通过对十三松有关情况的对比性叙写，突出了对它们不幸被砍伐的痛惜之情。虽然诗人在叙写之中已暗含了对砍伐者的谴责，但过于"温柔敦厚"，谴责不太明显，不够有力。

不过，邬佐卿的这首诗却反映了南山历史上环境保护方面的一个值得注意的情况，那就是：虽然也有人像杨一清那样积极保护十三松，保护南山生态环境，但也有一些"鄙夫"唯利是图，砍伐了十三松，毁坏了一个景点，破坏了南山生态环境，让后人只能凭借当时人的诗歌去想象十三松的丰姿。历史的经验值得注意。这是值得人们警惕的一件事。

清 / 周镐 / 鹤林古木

招隐寺

明·龚秉德

崇冈余岭漫登登，
古木苍藤互郁层。
寺接鹤林容我憩，
堂虚绿野共谁凭？
马禅挂锡空留偈，
民役输征实累僧。
郡有循良思问讯，
烟笼万叠暮山凝。

【作者简介】

龚秉德（生卒年不详），字思庵，丹徒人。事迹不详。

【注释】

崇冈余岭：高高低低的山岭。

登登：象声词。本诗是指登山时的脚步声，代指登山。

郁层：纠结重叠。

绿野：指绿野堂，别墅名，为唐代宰相裴度退居洛阳时所建。本诗是指招隐寺中的建筑。

凭：这里指凭眺，即登高远眺。

马禅挂锡空留偈：唐朝马素禅师当年曾住在鹤林寺，但他徒然留下了偈语。马禅，马素禅师的省称。马素与鹤林寺的关系，参见本书所录李华《润州鹤林寺故径山大师碑铭》。挂锡，手持锡杖，意为居住。偈，佛经中的颂词。这里是指马素的言论。李华文中记载马素曾度化屠夫，并说"仁与不仁，皆同佛性"，显示了普度众生的思想。

民役输征实累僧：老百姓服役缴纳赋税也连累了僧人。役，服役。输征，缴纳赋税。

循良：守法而有治绩的官员。

【品析】

这首七言律诗的写作时间不详。但在思想内容方面很有特色。它不像一般游览南山的诗篇停留在写景、怀古、抒情等个人情感的抒发方面，而是针对当时的社会现实抒发感慨，不但为现存明代南山诗中所仅见，而且在现存明代的镇江诗中也很罕见，所以具有重要的思想价值和认识意义。

这首诗题为"招隐寺"，但诗人抒写的重点是在招隐寺中所想到的社会现实。一二句写前往招隐寺途中所见。他当时经鹤林寺漫步登上"崇冈余岭"前往招隐寺，一路上只见古树苍藤相互纠结，景象幽深，烘托出招隐寺远离世俗的氛围。三四句写在招隐寺中所见。"寺接鹤林容我憩"，表明诗人是经鹤林寺而至招隐寺休息；"堂虚绿野共谁凭"，表明诗人是独自游寺，而招隐寺中无其他游人，非常冷清。这样的环境引发了诗人的思考。五六句写寺中所思，他由途中经过的鹤林寺想到当年马素禅师曾留下普度众生的偈语，但这些话在现实中却不起作用，所以是"空留偈"；而现实却是"民役输征实累僧"，老百姓遭受残酷徭役赋税的压榨，生活困苦，哪有心情来游寺和捐献钱财？因而连累到寺中僧人的收入和生活。这就点出了第四句所说"堂虚绿野"的社会原因。最后两句写诗人的心情。他想问讯当地官府中的"循良"，但看来他又感到"循良"也无法解决现实问题，只能以"烟笼万叠暮山凝"的景象来烘托他无可奈何、悲凉痛苦的心情。唐代诗人杜荀鹤《山中寡妇》说"任是深山更深处，也应无计避征徭"，揭露和抨击了赋税徭役之残酷。而在中国古代，僧人是不服徭役，不缴赋税的。龚秉德的这首诗则通过招隐寺中僧人受"民役输征"之累，从侧面揭露"民役输征"之残酷，不但与杜荀鹤的《山中寡妇》有异曲同工之妙，其程度甚至超过了杜荀鹤的诗所写的情况。这是这首诗思想上的闪光之处。全诗思深意切，叙写真实，情景交融，堪称南山诗中的佳作。

明 / 夏葵 / 夜雪访戴图

从招隐至八公洞

明·杨志达

招隐郁山腹，左右如龙蟠。

下立不见水，频上得江干。

日暮孤坟冷，秋高众壑寒。

山容全不厌，后势更多端。

绝顶悬危路，危崖目俯难。

情知必有异，不暇爱盘桓。

梵宇四山下，结构隐峰峦。

眼垂无百步，足历乃千盘。

指示凭樵子，临归仔细观。

【作者简介】

杨志达（1573—1644），字尔成，一作尔诚。丹阳人。明末诸生。慷慨有气节。崇祯十七年（1644）闻崇祯皇帝自杀，明朝灭亡，跳水自杀。获救后，遂隐居不入城市。

【解题】

八公洞，在招隐山南，相传为梁昭明太子萧统的八个太监的梵修之处。

【注释】

郁山腹：幽藏在山腹间。郁，幽深。

频上得江干：不停向上到山顶就可看到江边。江干，江边。

不厌：不使人满足，意为令人喜爱，看不够。借用李白《独坐敬亭山》"相看两不厌，只有敬亭山"的句意。

后势更多端：后面的山势更是变化多端。

不暇爱盘桓：来不及因为喜爱景致而逗留。

梵宇：佛寺。

结构：指佛寺的房屋。

眼垂：眼睛向下看。

指示凭樵子：依靠樵夫指点路径。

【品析】

八公洞在招隐山以南，八公洞地区是南山南部的重要景区。相传八公洞是昭明太子萧统的八个太监的梵修之地，但见于诗歌吟咏则始于明代。杨志达的这首诗是较早的一篇。虽然它的具体写作时间不详，但从作者生活时代看，当已是明代晚期的作品。

这首诗是五言古诗，共十八句。记叙诗人从招隐寺出发登山游八公洞的经过。首八句写自招隐寺登上招隐山顶四望所见。先从出发地招隐寺的地理位置写起，说它深藏山腹，四周山势缠绕盘曲，气势不凡，由此领起全篇。然后写登上山顶所见的山水之景。三四句写北望所见长江，一笔带过。"日暮"四句则着力写山，近望孤坟冷落，远望则众壑呈现秋意，山容令人喜爱，山势变化纷繁，既点出登山时间，更渲染了山景之美，烘托出诗人悠远而略带悲凉的心境。"绝顶"四句写俯视八公洞一带所见，交代至八公洞的原因。诗人在招隐山绝顶俯视，难以看清山下八公洞的景物，因而认为其中必有异境，产生探究之心，所以不想在山顶逗留，而想下山前往八公洞。同时又交代前往八公洞的路径是自"绝顶"沿"危路"下山，可见道路之险。最后六句写八公洞中所见，"梵宇"两句写寺庙多而隐于山间。"眼垂"两句写道路曲折。"指示"两句写归时觅路，靠樵夫指路，仔细寻找才觅得归途。全诗依照游访路线逐层叙写，写出了真情实感。"招隐郁山腹，左右如龙蟠""日暮孤坟冷，秋高众壑寒""梵宇四山下，结构隐峰峦"等句写景，颇见功力。

清／潘思牧／八公秋霁

游润州招隐寺

明·缪炷

深山处处是鹂鸣，
洗尽尘怀一片清。
柑酒不须携仲若，
诗书雅好读昭明。
层层霭合连松影，
习习风来送磬声。
我为名山暂淹滞，
离情遣去尽诗情。

【作者简介】

缪炷（1537—1597），字明思，号惕庵，明代江阴（今属江苏）人，有德行，不仕，家居理产业。

【注释】

尘怀：世俗的胸怀。

柑酒不须携仲若：不需要像当年戴颙那样携带着柑酒坐在林中静听黄鹂的叫声。《招隐山志》载："黄鹂季春出谷，仲秋入谷，历五月余。间关语滑，清脆如簧。宋戴颙尝携双柑斗酒，坐林中静听。"柑酒，"双柑斗酒"的省称。仲若，戴颙字。这里指代戴颙所携之酒。

诗书雅好读昭明：非常爱好读昭明太子编的《文选》。雅，非常。昭明，这里指代昭明太子编的《昭明文选》。

霭：云气。

淹滞：久留。

【品析】

这篇七言律诗的具体写作时间不详，它在众多游招隐寺以至南山的诗歌中颇有特色。它写"游"却不是着力写景，而是着力写"诗情"，着力写往招隐寺途中所见所闻产生的美好心情。一二句运用有关典故，写进入招隐山后路上的感受，山中黄鹂处处的鸣叫声，给诗人以强烈而美好的印象，荡涤着诗人的"尘怀"，突出招隐寺环境美好、清幽的特点，并点出游寺时间是在春夏之际。三四句再用有关典故，以戴颙听鹂衬托萧统撰文，突出招隐寺的人文特色，点明诗人此游的动因，表现诗人的志趣。五六句写走近招隐寺，望中所见、耳中所闻，招隐寺隐藏云霭松林之中，闻寺磬而不见寺，表现招隐寺环境幽深、静谧，烘托出诗人宁静、肃穆的心情。最后两句直抒情怀，写"暂淹滞"招隐寺，不想离开，但离去之时又不带"离情"，只有"诗情"，表现诗人喜爱和留恋但又洒脱超然的情怀。全诗着力写往游招隐寺途中的景象，从侧面烘托招隐寺的诗情画意，表现诗人游寺的美好心情，情志潇洒，思致巧妙，文词清畅，笔法灵活，声韵流畅。"深山"两句，"我为"两句，尤有韵味。

晚出鹤林寺

明·宋曹

飘然客思系孤亭，
曲径穿林带数星。
到处牛羊归路险，
一时烽火夜来青。
愁中白发因山改，
定里高僧有鹤听。
只见米颠遗穴在，
杜鹃花事已冥冥。

宋曹（生卒年不详），字彬臣，号射陵，盐城（今属江苏）人。明崇祯年间（1628—1644）官至中书。明亡，隐居不仕。工诗善书。

【注释】

飘然客思系（jì）孤亭：依托在这孤零零的亭屋之间，很快产生了怀念家乡的感情。系，依附。

曲径穿林带数星：在这只有稀疏星星的夜晚，穿过树林中弯曲的小路走出竹林寺。

到处牛羊归路险：到处是无家可归的牛羊，归家的路途很危险。

一时烽火夜来青：一段时期以来的战争使得夜晚很黑暗、很冷清。"烽火"指清军进攻引起的战争。青，黑。

愁中白发因山改：愁苦之中长出白发，是由于山河变色。"山改"指明政权灭亡，清人入主中原。

定里高僧有鹤听：入定之中的高僧能够听到黄鹤的叫声。定，入定，佛教名词，指坐禅时心不驰散，进入安静不动的禅定状态。

米颠遗穴：米颠，指北宋著名书画家米芾，米芾行为违世脱俗，所以人称米颠。遗穴，遗墓。米芾事迹见本书《米黻传》。

杜鹃花事已冥冥：当年游春赏杜鹃花的事情已经很遥远了。冥冥，深远，遥远。

【品析】

这篇七言律诗当是明朝灭亡，清军攻打到江南以后，作者避难到鹤林寺时所作，具体时间不详。作者围绕晚出鹤林寺这件事，抒写对清军入关、明朝灭亡、战乱不已、人民避乱逃亡、流落他乡的悲痛愁苦心情。首二句写孤独客居、思念家乡，晚间走出鹤林寺，叩题。三四句以牛羊到处飘流借指百姓流离失所，"险"突出有家难归的现实，进而揭示百姓有家难归的原因是"烽火"不息，以"夜来青"与"数星"相呼应，渲染战乱之夜凄凉恐怖的气氛，烘托了作者的心情。五六句抒写"晚出"的复杂心情。第五句写愁苦，揭示其原因是山河变色，国家破亡。第六句化用当年刘裕在竹林寺看到黄鹤起舞，后来做皇帝的典故，表面写"高僧"生活安定，与自己的漂泊愁苦形成对比，暗中又含有对明王朝复兴的希望和信心。最后两句又回到现实，由"米颠遗穴"仍在，而"杜鹃花事"不存，二者之间不变与变化的对照，突出了山河依旧而人事已非的深沉感慨。全诗通过景物的描写和气氛的渲染，并运用对比、双关等手法，含蕴而深沉地抒发感情。它与本书所录南宋缪瀚《扈从至润州过招隐寺》诗同为反映战乱，同写悲痛国事的心情，但缪瀚诗中的"虎伏何年狂又奔"较多悲壮之气，寓意较为明显，而宋诗"定里高僧有鹤听"则较为深沉，寓意较为婉曲。这当与缪瀚作诗时南宋政权仍在，而宋曹作诗时明朝政权已亡有一定关系。虽然如此，它们都不失为南山诗中反映动乱现实、抒写爱国情怀的好诗。

明 / 沈周 / 京江送远图

鹤林寺重修陆丞相祠堂敬题

清·贺宽

崖门①山头海波立，丞相从君②弃舟楫。六宫③不动委波流④，千人万人不敢泣。此时大海波涛翻，鼋鼍徒窟蛟龙奔。阳侯⑤天吴⑥尽慑伏，一空水府⑦涵精魂。丞相见君不见水，正笏垂绅⑧等冠履⑨。一人鼓勇众议成，吾君吾相先如此⑩。吁嗟乎！古来慕义大有人，墨胎双骨枯千春⑪。彭屈沈身不沈族⑫，阖门填海无其伦。家国乘除⑬如转毂⑭，催枯助焰何促速⑮！非忠非孝聊斡旋⑯，人笑彼苍徒碌碌⑰。张公⑱暨公如远巡⑲，燕山信国⑳尤酸辛。累朝理学维国㉑是，千秋俎豆㉒存君臣。潮阳摄齐瞻赐额㉓，书馆麻园渺遗宅㉔。澳山青径理衣冠㉕，不敌摩崖一片石㉖。招魂㉗曷来㉘归故乡，乘龙驾螭㉙苍㉚新堂。奠桂酒兮陈椒浆，翻然叱驭还大荒㉛。珠宫贝阙㉜依君王，敢令溟渤遥相望㉝？

【作者简介】

贺宽（生卒年不详），字瞻度，号拓庵，晚号岑居。丹阳人。清顺治五年（1648）举人，顺治九年（1652）进士，授潮州（今广东潮安）推官，迁大理右评事。以母老为由告归。

陆丞相,指陆秀夫,南宋末年曾任左丞相,其事迹参见本书陆秀夫《鹤林寺》诗"作者简介"。陆秀夫牺牲后,明朝曾在金山建陆公祠,清代重建于鹤林寺侧。后来又移建于青云门街。

【注释】

① 崖门:地名,在广东新会南,为潭江出海口。

② 丞相从君:丞相,指陆秀夫。君,指南宋末代皇帝赵昺。

③ 六宫:相传古代天子有六宫。后世指皇后及妃嫔。

④ 委波流:把生命托付给波浪。

⑤ 阳侯:古代传说中的波涛之神。

⑥ 天吴:古代传说中的水神。

⑦ 水府:古代传说中水神或龙王居住的地方。

⑧ 正笏垂绅:端正袍笏,对皇帝恭敬肃立。

⑨ 等冠履:整理衣帽。等,齐,整治。

⑩ 如此:照这样做。指投海自尽。

⑪ 墨胎双骨枯千春:伯夷、叔齐兄弟二人虽死但千古不朽。墨胎双骨,指西周初年不食周粟而饿死的伯夷、叔齐兄弟二人。二人复姓墨胎。枯千春,尸骨不朽。

⑫ 彭屈沈身不沈族:彭咸和屈原自身投水而死,但他们的家族并未沉没。"彭"指彭咸,传说为殷朝大夫,因谏君不听而投水自尽。"屈"指屈原,为楚国大夫,因无力挽救楚国而投水自尽。沈,音义同"沉"。

⑬ 乘除:比喻人或事的消长盛衰。

⑭ 转毂(gǔ):转动车轮。毂,车轮。

⑮ 催枯助焰何促速:人们随着对方权势、地位的变化而很快地转变其态度。催枯,比喻催逼贫困失势者。助焰,比喻助长富而得势者。何促速,多么急促而迅速,即态度很快发生变化。

⑯ 非忠非孝聊斡旋:暂且扭转不忠不孝的恶名。斡旋,扭转。

⑰ 人笑彼苍徒碌碌:人们嘲笑那个苍天,不过是随众附和。意指人们认为苍天也不辨贤愚、是非,不能惩恶扬善。碌碌,随众附和。

⑱ 张公：指与陆秀夫共同辅佐赵昺抗元的南宋将领张世杰（？—1279），他在帝昺死后与元军交战中突围，遇台风溺水而死。

⑲ 远巡：指唐代"安史之乱"中抵抗安史乱军而死的许远（709—757）和张巡（709—757）。

⑳ 燕山信国：指抗元失败被俘囚禁于元大都（"燕山"）不屈而死的文天祥（1236—1283）。他曾被帝昺封为信国公。

㉑ 累朝理学维国是：宋朝一代代皇帝都是依靠"理学"来维系、确定国家的大计。理学，指以宋代张载、周敦颐、程颢、程颐、朱熹、陆九渊和明代王阳明等人所主张的儒家哲学思想。宋代儒生多据儒家经典以阐释事理，故名。

㉒ 俎豆：祭祀的礼器，引申为祭祀、崇奉。

㉓ 潮阳摄齐瞻赐额：指作者曾在潮阳一带恭敬地瞻仰过朝廷所赐表彰陆秀夫的匾额。摄齐，恭敬有礼。

㉔ 书馆麻园渺遗宅：指陆秀夫在鹤林寺居住、读书和耕种的遗址已不存在。

㉕ 澳山青径理衣冠：指"澳山"所建为衣冠墓。澳山，据《澄海文史资料》（第11辑）《南澳县志》等资料可知，陆秀夫母赵太夫人、子九郎葬于南澳岛北青径口，后人复为公建衣冠冢于此。岛今属汕头市。

㉖ 不敌摩崖一片石：比不上一块刻在山崖上铭功、记事的石碑。

㉗ 招魂：召唤死者的魂灵。

㉘ 曷来：何不回来。

㉙ 乘龙驾螭（chī）：乘驾着龙和螭。螭，有角的龙。

㉚ 莅：降临。

㉛ 翩然叱驭还大荒：轻快地驱赶着螭龙返回辽远的地方。

㉜ 珠宫贝阙：以珠、贝为宫殿，指水神的宫殿。

㉝ 敢令溟渤遥相望：恭请您随时光降，想来就来，怎么能让您在大海那头遥相眺望呢？溟渤，溟海和渤海，泛指大海。

【品析】

这首七言古诗作于陆公祠即陆秀夫祠堂徙建于鹤林寺侧之时。陆秀夫早年居于鹤林寺并作《鹤林寺》诗为南山生色，而陆公祠徙建于鹤林寺侧，贺宽又以此诗咏赞其事，更为南山增辉，显示了镇江人民对爱国英烈的景仰和崇敬。

这首七古在南山诗中并不多见，诗中那种洋溢着的对爱国先烈的激情更是罕见，可谓南山诗中长篇爱国诗篇的绝唱。全诗共三十五句。前十二句叙写陆秀夫等人在崖山壮烈牺牲的经过，突出了陆秀夫等人临危不惧、从容赴义的高大形象。"吁嗟乎"十三句赞颂陆秀夫、张世杰和文天祥的爱国精神，指斥"催枯助焰""非忠非孝"之流在"家国乘除"之时的丑陋表现，指出陆秀夫、张世杰、文天祥的所作所为是受"理学"熏陶的结果。"潮阳"以下十句通过对比议论陆公祠建立的意义，抒写对陆秀夫神灵的崇敬和祝愿。

全诗叙事写景，夸张渲染，想象丰富而雄奇；议论正大有力，褒贬分明；抒情强烈深厚，爱憎鲜明。这几个方面有机地融为一体，又采用四句一韵、平韵与仄韵交错使用的办法，抑扬顿挫，从而产生了震撼人心的艺术感染力量。读后令人心情久久不能平静。

山林

宿九华山

清·笪重光

其一

峰顶旁通一径斜，披荆谁建梵王家？

江声东注同三峡，山势南回作九华。

应有高僧传妙偈，岂无天女散空花？

禅关独卧秋风起，时听晨钟伴晓鸦。

其二

策杖登临思渺然，凭虚趺坐有青莲。

千峰远抱金陵气，万井低浮铁瓮烟。

瑟瑟秋风闻雁度，迢迢江水想龙眠。

南徐到处多名胜，此地应通兜率天。

【作者简介】

笪重光（1623—1692），字在辛，号江上外史；罢官后，自名蟾光，别号逸叟、郁风居士等。句容人。清顺治九年（1652）进士，官至湖广道监察御史。因触忤权贵，削籍放归。工书画，亦能诗。

【解题】

九华山，指小九华山，在镇江南郊招隐山西北。明末清初史学家谈迁《北游录·纪程》载："又南里余曰小九华。万历初，里人周栋弃家事地藏佛，开山以代池州九华者。"据此，小九华山得名于明万历（1573—1619）初年。

【注释】

梵王家：佛寺，指小九华山顶所建的幽栖寺，相传建于明崇祯年间（1628—1644）。梵王，佛教大梵天王的省称。

天女散空花：天女，传说中天上的神女。佛教传说，维摩诘室有天女，见诸大人闻所说法，即天花散于菩萨及大弟子之上。

禅关：禅房，这里指僧舍。

凭虚：凭空，无所依附。

趺坐：佛教徒修炼时足背交叉于左右大腿之上的坐法。

青莲：青色的莲花。这里借指僧人。

金陵气：金陵，南京的古称。古代相传金陵有"帝王之气"。

万井：万家。

铁瓮：铁瓮城的省称。这里指铁瓮城所在地镇江。

南徐：南徐州的省称，镇江的别名。

兜率天：佛教用语。这里是泛指人死后所登的"天界"。

【品析】

这两首七言律诗具体写作时间不详。它们所咏写的南山景区内的九华山，则是从明代开始受到人们的关注。其得名当如清代谈迁《北游录·纪程》所记载，是万历初年周栋开山时采用了池州九华山的名称，故称"小九华"。到了清代，它成为南山的一个重要景点。嘉庆、道光年间周镐所画《京江二十四景》中"九华层云"与"兽窟危亭""龙洞吟秋"成为南山三景之一。而见之于诗歌吟咏的，笪重光的《宿九华山》则是较早的佳作。

这两首诗都是咏写秋宿九华山僧寺的所见所闻和所思，但又各有侧重，并不雷同。第一首从登山见寺落笔，一二句写山高路险，而寺在山顶，用问句显示寺之古老。三四句写四望所见。五六句想象寺中高僧讲经的情况，用"岂无天女散空花"的比喻和反问突出高僧讲经之妙。最后两句写独卧僧舍，晓闻寺钟，烘托出萧瑟而又闲适的心情，点明时令。第二首从入寺见僧落笔，一二句以自己的"思渺然"与僧人的"凭虚趺坐"相对照，突出入寺的感受。三四句写西望和北望所见。五六句写仰望和俯视所见。最后两句写对九华山的评价，用"此地应通兜率天"，称赞九华山高而美，为南徐胜境。

笪重光是清代句容的著名诗人，论者评他的诗"清隽遒上"。这两首律诗中的写景之句，第一首诗中，"江声"两句以"江声"写北望长江自西向东奔流的气势，以"山势"写南望群峰由南而北曲折蜿蜒的态势。第二首诗中，"千峰"两句写西望所见群山环绕金陵四周的气势，东望所见镇江城中万家炊烟低浮的景象；"瑟瑟"两句写仰望则秋天天高气朗，俯视则大江平坦东流。这三处对仗都写得精工锤炼，气势不凡，境界高远，富有神韵。

过八公洞招隐寺二首（其一）

清·笪重光

回环萝磴隐危楼，三十年前忆旧游。
精舍已随僧腊改，清泉犹为客心留。
南村烟树重重出，北郭春潮渺渺流。
闲叩寺门增怅望，青山应笑野人头。

【解题】

诗题一作《过招隐寺》。

【注释】

回环：曲折环绕。

萝磴：长着松萝的山间石阶。

危楼：高楼，指招隐寺。

精舍：僧人修炼居住之处，此处指招隐寺。

僧腊：僧人出家受戒后的年岁。这里借指招隐寺经历的岁月。

客心：作客他乡，怀念家乡的心情。

渺渺：水流悠远的样子。

闲叩：悠闲地敲门。

野人：乡野之人，平民。这是诗人自称。

【品析】

这首七言律诗，从诗中"三十年前忆旧游"以及作者自称"野人"看，当是笪重光罢官以后晚年游南山时所作，具体时间不详。诗写作者春日重游招隐寺时的见闻和感慨。开始两句写重游招隐寺，突出寺在深山高处，诗人是久别重游，为下面写景抒情奠定基础。中间四句写寺门之外所见。三四句写寺及其附近景象。寺貌已"改"，显示"三十年"来招隐寺本身变化很大；清泉犹"留"，说明招隐寺周边环境并未发生多大变化，又表现出"三十年"来诗人虽作客他乡，心中仍怀念招隐寺。这变与不变的对比，烘托出诗人深沉的感慨以及对招隐寺始终怀念的感情，所以今日重游，感受自然不同寻常。这两句是近观的所见所感。五六句则写登山远眺所见。南望，只见山南一座座村庄周围浓密如烟雾的绿树，一层又一层地展现在眼前；北望，只见城郭之北春江潮水悠远无边地流向东方。这两句写景阔大悠远，生意盎然，烘托出诗人的旷远襟怀和美好心情，又点出重游的时间是在春天。最后两句写在寺门外的怅惘。诗人面对招隐寺外的景象，不由联想到自己的遭遇，想到自己三十年来年龄、身体以及地位的变化，用"青山应笑野人头"，以青山的不变反衬自己的变化，突出了怅怅失意的感情。全诗运用对比、烘托等手法写景托情，虽多怅惘感慨之意，但并不悲观消沉，这也表现了诗人的刚直个性。"南村"两句写景壮观生动，句法工炼灵活，是全诗"警策"，现已用作南山入口处的楹联。

念奴娇（游京口竹林寺）

清·陈维嵩

长江之上，看枝峰蔓蛰①，尽饶霸气②。狮子寄奴③生长处，一片雄山莽水。怪石崩云，乱冈淋雨，下有鼋鼍睡。层层都挟，飞而食肉之势。

只有铁瓮城④南，群山罗秀，画出吴天翠。绝似小乔⑤初嫁与，顾曲周郎⑥佳婿。竹院盘陀⑦，松寮⑧峭蒨⑨，最爱林皋寺⑩。徘徊难去，夕阳烟磬沉未？

【作者简介】

陈维嵩（1625—1682），字其年，号迦陵，宜兴（今属江苏）人。幼有神童之誉。清康熙十八年（1679）召试博学鸿词，由诸生授翰林院检讨，与修《明史》。工文能诗，尤以词冠绝一时，词风豪放，为阳羡派领袖。

①枝峰蔓壑：山峰山谷如同树枝、蔓草那样交缠密布。

②尽饶霸气：全都充满称霸争雄的气概。南宋陈亮《念奴娇（多景楼）》称京口："一水横陈，连岗三面，做出争雄势。"也是说京口有"霸气"。

③狮子寄奴：指南朝宋开国国君刘裕（363—422）。刘裕小名寄奴。本词以"狮子"形容刘裕刚猛如雄狮。

④铁瓮城：在润州京口，始建于东吴。这里以铁瓮城指代京口。

⑤小乔：三国吴周瑜之妻。

⑥顾曲周郎：指周瑜。《三国志·周瑜传》载："瑜少精意于音乐。虽三爵之后，其有阙误，瑜必知之，知之必顾。故时人谣曰：'曲有误，周郎顾'。"

⑦竹院盘陀：指建于山路盘陀的黄鹤山中的鹤林寺。竹院，鹤林寺又称古竹院。盘陀，道路回旋曲折。

⑧松寮：指招隐寺。该寺建于山中，周围多松树，故称之为松寮。寮，僧舍。

⑨峭蒨：鲜明的样子。

⑩林皋寺：指竹林寺。林皋（1588—1646），俗姓陈，昆山（今属江苏）人，世称林皋本豫禅师。清道忞《竹林林皋豫禅师塔铭》记载，林皋在明朝崇祯戊寅即崇祯十一年（1638）至竹林寺，因原寺荒废已久，便"即山之半披榛凿石创为新寺"，"住竹林，凡九载"。陈维嵩所咏竹林寺为林皋所创，故称为"林皋寺"。

【品析】

这首词写作时间不详。它铺写了南山及竹林寺的风景之美，上片写京口一带"尽饶霸气"。首五句由"长江之上""尽饶霸气"，说到"寄奴生长处"的京口也是"一片雄山莽水"，总说京口山川形势的特点，领起下文。"怪石崩云"以下五句用夸张、拟人、比喻等手法具体绘写京口"雄山霸水"的形势。这一段铺写是为了反跌下文。下片开始用"只有"笔锋一转，领起"铁瓮城南"以下三句，突出了京口城南群山秀美的特点。"绝似"两句化用苏轼《念奴娇》词"遥想公瑾当年，小乔初嫁了"句意，用比喻绘写南山秀美情况。"竹院"以下三句则列举自己喜爱的南山景点，以"最爱林皋寺"叩题，突出对竹林寺的喜爱。最后以"徘徊难去"两句，进一步叩题，强调了对竹林寺的喜爱之情。全词用散文化的笔调抒写洋溢的激情，气势奔放，铺陈有力，文词壮逸，对比鲜明。词人用"雄山莽水"来概括京口的山川形势，用"秀""翠"来概括南山景物特点，都可供参考。至于词中说"最爱林皋寺"，则是词人见仁见智之说。

竹林寺

自招隐登夹山入竹林寺

清·王士禛

篮舆俯高岭，石磴转幽谷。

诸峰乱空翠，澄江叠轻縠。

回望戴公宅，秋气益苍肃。

绀壁隐奇杉，危亭蔽荒竹。

孤僧远独归，山鸟暮相逐。

树杪见古寺，松栝散林麓。

绝壁尚千寻，纡径非一曲。

初蜡阮公屐，逝将访金粟。

暝坐竹林深，山山静寒绿。

【作者简介】

王士禛（1634—1711），雍正时避帝讳，改称士正；乾隆时，又改称士祯。字子真，一字贻上，号阮亭，又号渔洋山人。新城（今山东桓台）人。顺治十五年（1658）进士，官至刑部尚书。工诗，有时名，论诗创神韵说。

夹山，在招隐山东。光绪《丹徒县志》载："夹山在城南六里，竹林寺在山下。"

【注释】

篮舆：竹轿。

石磴：山路的石阶。

诸峰乱空翠：群峰纵横，在青翠的天空下不规则地分布着。空翠，青翠的天空。

轻縠（hú）：轻细的绸。这里是比喻轻浪。

戴公宅：指招隐寺。该寺原为戴颙隐居之宅。

绀（gàn）壁：深青透红色的墙壁。指佛寺的墙壁。绀，深青透红的颜色。

危亭：高耸的亭子。

树杪（miǎo）：树梢。杪，树木的末梢。

栝（guā）：桧树。

千寻：形容很高。寻，古代的长度单位，一寻等于八尺。

纡径：弯曲的山间小道。

蜡阮公屐：在木底鞋上涂蜡。《世说新语·雅量》载：阮孚好屐，曾吹火蜡屐。这里用"阮公屐"指代木屐。南朝谢灵运制成双齿可任意拆卸的木屐以便登山。故后人将蜡屐与登山相联系。

金粟：佛名，金粟如来的省称。这里是借指佛寺，即竹林寺。

暝：日暮。

【品析】

王士禛在顺治十七年（1660）就任扬州推官后，当年仲冬就来游招隐寺。当时所作《招隐寺题名记》写其所见："红叶满山，石骨刻露，泉流萧瑟。登玉蕊亭远眺江影，惝恍久之。"可见他的欣赏之情。王士禛在扬州任职五年，不止一次游镇江南山。这首五言古诗作于秋天，当是在扬州任职期间另一次游南山时所作。

全诗共十八句，内容如题目所示，写的是秋天自招隐寺登上夹山至竹林寺的经过。

清／张崟／夹山图

但它不是完全采用顺叙的方式，从出发地点招隐寺写起，而是先采用逆叙的方式，从登上夹山以后写起。首句写在夹山山顶俯视所见。坐在篮舆之上俯视高高的山岭，只见山间石磴回转于深谷之间，群峰纵横在青翠的天空之下，长江流淌在群山之北。"回望"以下六句写在夹山山顶回望出发地点招隐寺所见，只见它在秋色之中更显得青苍肃穆，它的绀壁隐现于奇杉之中，山上的危亭隐蔽在荒竹之间，山下孤僧向远方独自归去，山中鸟儿在暮色中追逐着。"树杪"以下六句写前望竹林寺所见。从树梢间看到山下的竹林寺，山麓间长着松树和桧树。虽然夹山山顶到竹林寺之间有着很高的绝壁，而且山间小路曲曲弯弯，但是诗人有着游山的兴致，所以决定离开夹山山顶去探访它。最后两句写到竹林寺后的情况。黄昏时坐在竹林寺的竹林深处，只见座座山峰都静悄悄地呈现出冷森森的绿色。从上所述可以看出，诗人是以夹山山顶为观察点，以自我为中心，展开内容，又在叙写之中烘托自己的复杂感情。因而显得构思独特，结构巧妙。同时，诗人在遣词造句方面，也并不平易流畅，多有奇峭古拙之处。

昭明读书台

清·王士禛

王孙读书处，梵宇自萧森。

无复维摩室，空余双树林。

荒台梁碣尽，夕景楚江阴。

古像悲犹在，风流不可寻。

【注释】

王孙：王者或贵族的子弟。这里指昭明太子萧统。他是梁武帝之子，故称之为王孙。

梵宇：佛寺。这里指招隐寺。

自萧森：独自耸立着。萧森，错落耸立的样子。

维摩室：萧统的书房，指读书台。维摩，萧统的小名。

双树林：婆罗双树的省称，又称双林，为释迦牟尼入灭之处。这里指代佛寺，即招隐寺。

梁碣：南朝梁代的碑碣。

夕景：傍晚的阳光。景，日光。

古像：指萧统像。

风流：遗风。

【品析】

这首五言律诗写作时间不祥。作者所咏的昭明读书台历史上屡毁屡建。从本诗的内容看，当时的读书台已毁没，作者是对着遗址抒发悲凉的感慨。前四句把读书台与招隐寺对照起来写。一二句在点明昭明读书台为"王孙读书处"之后，以"梵宇"的"自萧森"即独自无伴的耸立，衬托出读书台的不复存在。三四句以"无复"与"空余"相对照，进一步突出了读书台的消失不存，以及作者的惆怅心情。五六句以"荒台梁碣尽"所表现的朝代的兴亡和人事的变化，与"夕景楚江阴"所表现的夕阳依旧和长江不变形成鲜明对照，突现了作者对人事代谢和朝代兴亡的悲凉感慨，一个"阴"字烘托出了这种心境。最后两句再以萧统古像犹在与南朝"风流"不存相对照，更进一步表现对世事和世风变化的悲凉感慨，并以一个"悲"字揭示出全诗的情感基调。全诗对比鲜明、层层深入，用简洁明畅的文字，抒写了沉痛、悲凉的感慨。它与本书前文所录笪继良的五言律诗《昭明读书台》，题目、体裁相同，同样反映了读书台的现实，表达了同样的感情，在表现手法上也同样运用了对照，但笪继良的那首诗较直露单纯，王士祺的这首诗较含蓄丰富，又各有特色。

竹林寺

清·汪懋麟

润州到处皆幽绝，最爱城南古竹林。

无数乱山藏寺小，几多篱径入门深。

老松千尺响天籁，疏磬一声来梵音。

胜地殷勤数回过，翻怜身世久浮沉。

【作者简介】

　　汪懋（mào）麟（1640—1688），字季角，号蛟门，江都（今江苏扬州）人。清康熙六年（1667）进士，授中书舍人。康熙十六年（1677），荐试博学鸿词。补刑部主事，与修《明史》。以党祸被劾罢归。工诗文。

幽绝：幽静到极点，即非常幽静。

几多：多少，很多。

篱径：竹篱间的小路。

疏磬一声来梵音：稀少的钟磬响了一声，传来诵经的声音。

胜地殷勤数回过：对这风景优美的名胜之地，曾几次怀着深切的情意前来拜访。

翻怜身世久浮沉：反而哀伤自己长期追随世俗，起伏不定的经历和境遇。

【品析】

　　这篇七言律诗，从诗末"翻怜身世久浮沉"看，当是作者晚年被劾罢归以后所作。诗写游竹林寺的见闻和感伤心情。开始两句以润州山水的特点衬托竹林寺的"幽绝"，同时交代了竹林寺的地点、年代以及自己爱好它的原因和程度，表现了竹林寺不同寻常的特点。中间四句铺写竹林寺的"幽绝"。三四句写竹林寺所在，用夸张的手法，写它"藏"于"无数乱山"之中，而且规模很小，"入门"以后要经过"几多篱径"才能"深"入到寺内，可见所在地点很"幽绝"。五六句写寺的内外，用对比和夸张手法，寺外有"千尺""老松"，发出很响的"天籁"，而在寺中则是"疏钟"一声传出"梵音"，非常寂静，"老松"的"天籁"衬托出寺中的"幽绝"。最后两句抒写游寺后的心情。"胜地殷勤数回过"承接"最爱"，这本来是人生一大乐事，但诗人笔锋一转，却"翻怜"自己的"身世"，这大概是由于他几次游寺都与仕途"浮沉"有关，所以暮年再游因而触景生情，不乐反悲；也因为"幽绝"的竹林寺让诗人联想到自己"身世"的失意，所以游此竹林寺胜地也会不乐反悲。这样，诗人就在游竹林寺之中寄托了他的感慨。诗人将竹林寺的景物特征用"幽绝"二字来概括，并因而把竹林寺作为自己的"最爱"，而陈维崧在《念奴娇·游京口竹林寺》中也说："最爱林皋寺（指竹林寺）。"看来清代初期竹林寺在南山诸寺中地位相当突出，而风景"幽绝"应是人们喜爱它的重要原因。

磨笄山

清·殷苑

我今蜡屐登磨笄，泉声冽冽风凄凄。

竹林精舍出其右，时有黄鹤层巅栖。

中有高人谈轩冕，娉婷一女随提携。

肯把长眉斗宫样？忍磨丫髻誓云溪。

所怜却是今人女，辞家远适堕尘泥。

谁嫌此地太孤寂？淡云明月映山蹊。

我心匪石石可转，撼之不动丘山齐。

扪萝暂憩一凭吊，仿佛犹留翠黛低。

【作者简介】

　　殷苑（生卒年不详），丹阳人。事迹不详。《江苏艺文志·镇江卷》据《民国丹阳县志补遗》置之于顺治十四年（1657）举人潘之彪后，当为清初人。

【解题】

磨笄（jī）山，在黄鹤山东南，相传戴颙隐居招隐寺去世以后，其女信佛，誓死不嫁，在黄鹤山东磨笄以明志，其山因而得名。笄，插在发髻上的簪子。

【注释】

蜡屐：意为穿上涂过蜡的木屐鞋。

竹林精舍：即竹林寺。

谈轩冕：嘲弄官位爵禄。谈，《康熙字典》"谈"："《玉篇》：戏调也。"轩冕，官位爵禄。

娉婷：姿态美好。

随提携：随身带着。

肯把：怎么肯把。

斗宫样：与宫中女子流行的妆扮相比赛。

忍磨丫髻誓云溪：忍心磨去插在头上的簪子，发誓住在山水之间，不肯出嫁。丫髻：古时女孩头上梳的两髻，形状如丫叉，称丫髻。这里是指插在发髻上的簪子。古代女子到了结婚年龄，就在发髻上插簪子。戴颙之女磨去插在发髻上的簪子，表示她不肯出嫁。

远适：远嫁。

堕尘泥：落在尘世之间。比喻地位下降。

山蹊：山间小路。

我心匪石石可转：我的心志不像石头那样，石头是能够转动的，我的心志是坚定不变的。《诗经·柏舟》："我心匪石，不可转也。"唐代孔颖达疏："言我心非如石然，石虽坚尚可转，我心坚不可转也。"本句用其意。

翠黛低：低垂着双眉。翠黛，眉毛。古时女子以螺黛画眉，故称眉毛为翠黛。

【品析】

这首七言古诗具体写作时间不详。但在现存古代南山诗歌中它是唯一一篇着力绘写妇女形象、咏赞妇女情志的诗篇，因而具有特殊意义。而且，考虑到作者生活于清代前期，当时一些士人民族意识相当强烈，在这种情况下，作者在赞颂戴颙之女决心不嫁的同时，又表示对那些"今人女"的"可怜"，说她们"堕尘泥"，这从封建伦理"女大当嫁"的角度说似乎不当，但如果所说这些"堕尘泥"的"今人女"是暗指那些降清的士人，就可以理解了。由此看来，这首诗当含有借古讽今、"指桑骂槐"的意思。如果这一推断能够成立，那么这首诗在古代南山诗中的地位就更值得注意了。

全诗十六句。首四句写"我"于"风凄凄"之时登上磨笄山所见黄鹤山的景象。由此引起对戴颙之女事迹的缅怀。中间十句叙写戴颙之女磨笄不嫁的事迹和精神，从戴颙携女隐居入手，说到戴颙之女志趣高远，不肯趋从世俗，磨笄明志，隐居"云溪"；再以她"怜""今人女"的"辞家远适"，认为这是"堕尘泥"，衬托她的高远志趣；又写她不嫌山林"太孤寂"，而感到山间有"淡云明月"相伴，突出她的高远志趣；然后写她磨笄隐居的决心，用比喻、夸张表现了她的坚定决心。最后两句抒写作者凭吊遗迹的感受，诗人感到戴颙之女仿佛仍然低着双眉留存在这磨笄山，从而赞颂了戴颙之女精神永存，使作者深受感动。全诗通过叙写事实，刻画人物心理活动，运用对比手法，表现和赞颂了戴颙之女磨笄的高远志趣和坚定精神。文词流畅清丽、笔端充满感情，人物形象生动鲜明，颇具艺术感染力量。

竹林禅院

清·玄烨

一径入深竹，数里来上方。

丛生岩磴密，枝拂云烟长。

华旗出林际，芝盖停三阳。

飒飒吹霜风，碧叶纷翱翔。

山斋颇幽寂，万籁含虚光。

触物感予怀，歌彼淇澳章。

【作者简介】

　　玄烨（1654—1722），姓爱新觉罗，满族人。年号康熙，庙号圣祖。清世祖顺治皇帝第三子。八岁即位为帝，在位六十一年。先后平三藩，定台湾，统一漠北、西藏地区；停圈地，奖垦屯，治黄河，兴水利；开博学弘儒科，开馆修书，编纂《全唐诗》《古今图书集成》等；又提倡理学，严禁结社，兴文字狱。他曾六次南巡，都到过镇江。

数里来上方：经过数里路程来到竹林寺。上方，佛寺住持僧的住处，这里指竹林寺。

丛生岩磴密：杂草丛生，密布在山道石阶之间。岩磴，山路石阶。

枝拂云烟长：树高枝长，仿佛要掠过天上的云烟。

华旗出林际：有光华的旗帜出现在丛林边际。

芝盖停三阳：有车盖的车子正月里停驻在竹林寺的山下。芝盖，这里指帝王之车。三阳，古人以农历十一月冬至为一阳生，十二月为二阳生，正月为三阳生。故称正月春天开始时为三阳。

霜风：寒风。

山斋：山中居室。

万籁：这里指能发出声音的万物。

虚光：犹言天光，即日光。

触物感予怀：看到眼前景象，我内心很有感触。

淇澳：即淇奥，《诗经·卫风》篇名。南宋朱熹《诗经集传》称此诗为："卫人美武公之德，而以绿竹始生之美盛，兴其学问自修之进益也。"

【品析】

这首五言古诗是康熙游竹林寺时所作。据竹林寺所存雍正十一年（1733）年希尧撰《董修竹林寺记》记载："我圣祖仁皇帝南巡尝临幸其地，亲御宸翰，书'竹林寺'额赐焉。"此事在康熙三十八年（1699）。而由于此次"临幸"，至"雍正十一年春，始奉改建之命"，"自山之初地始建为门，以达于殿堂斋湢，无一非斥故易新，拓其规模，崇其基构，而益大之"。经过改建，竹林寺步入鼎盛时期。

这首五言古诗共十二句。首二句叙写至竹林寺。"一径入深竹"，突出了竹林寺的特点：竹林幽深。中间八句叙写登竹林寺所见景象。登山途中，则见"岩磴"上杂草丛生，道旁树高枝长。登上山顶，俯视则见林间旗帜飘动，山下车驾停驻；近观则寒风扑面，落叶纷飞；进入"山斋"则感到环境幽静，万物生辉。最后两句，由前文之景有所感，并切合竹林寺名称，用《淇奥》篇的典故篇末言志，以歌淇澳表达缅怀古人，要做像卫武公那样的好的统治者，使"万籁含虚光"的志向。全诗将叙写游寺过程与描写游寺所见景象结合起来，从景物绘写中烘托作者的感情，并在篇末点明其感受。情景交融，构思巧妙。同时，全诗语意平正舒缓，文词典雅省净。但"万籁含虚光"一句，容易引起歧解，影响文意表达，则未免有雕饰过甚之弊。

竹径

虎跑泉上坐月

清·缪瞻屺

一天云扫月光盈，照彻流泉水倍清。

怪石奇撑头欲出，微尘静扫眼都明。

卧狮古洞烟俱化，宿鸟高枝梦忽惊。

坐久此心空四大，那知虎啸谷风生。

【作者简介】

　　缪瞻屺（生卒年不详），字志远，江阴（今属江苏）人。清康熙时，佐安南将军华善军平吴三桂有功，不受赏。王燕为镇江知府，佐其施政，王燕因而有政声。好山水，尤慕戴颙，因筑别业于招隐山，有《筑别业招隐山成》诗叙其事。能诗。

诗题意为坐在虎跑泉边赏月。虎跑泉，在招隐山招隐坊夹道旁，泉呈方池状，相传创于东晋法安禅师。明代镇江知府程峒书"虎跑泉"三字刻于池壁石上。

【注释】

一天：满天。

卧狮古洞：当指招隐山和狮子窟。

烟俱化：都像云烟一样融化消失了。

空四大：感到"四大"都是空虚的。"四大"的含义，古人有的指"大功、大名、大德、大权"；道家指"道、天、地、王（亦作人）"；佛家指"地大、水大、风大、火大"以及源于这四大的人身。总而言之，"四大"无非是指世间万事万物以及与人身有关的功名富贵之类。

那知虎啸谷风生：哪管猛虎在山谷中发出如狂风一样的呼啸声。那知，哪管，哪怕。谷风，生于山谷之风。《康熙字典》引《诗诂》："风出于谷中也。"虎啸谷风，比喻人世间种种可怕的情况。

【品析】

这首七言律诗具体写作时间不详。诗题之"虎跑泉"，相传是东晋法安禅师在兽窟山中参夜禅为虎说法后，虎跑地而出泉水的。按梁代慧皎《高僧传》卷六《晋新阳释法安传》载："晋义熙中，新阳县虎灾。……安尝游其县，暮投此村。民以畏虎，早闭闾，安径之树下，通夜坐禅。向晚，闻虎负人而至，投之树北。见安，如惊如喜，跳伏安前。安为说法授戒，虎踞地不动，有顷而去。"又据北宋陈舜俞《庐山记》卷二载："（庐山）上方之北有虎跑泉。昔远公与社贤每游北峰顶，患去水甚远。虎辄跑石出泉。"看来招隐山虎跑泉的传说是综合《高僧传》和《庐山记》有关传说而成。尽管如此，在北宋王令《润州游山记》中已提到虎跑泉，南宋初期缪瀚《扈从至润州过招隐寺》也有"虎伏何年狂又奔"的诗句，南宋后期王埜的《题京口招隐寺》诗中更说"泉尝虎鹿清心净"，可见至少在北宋时已出现虎跑泉的名称。所以，此虎跑泉也称得上是招隐山的历史名泉。

到了清代，据缪若光《招隐咏怀古迹八首》所写，虎跑泉更成为招隐山八景之一。在此顺带指出，宋代范成大的《独游虎跑泉小庵》所咏是南宋杭州的虎跑泉，并非润州招隐山的虎跑泉，不应混淆。

　　本诗与前文所录唐代许浑的《鹤林寺中秋夜玩月》同为七言律诗，而且都是咏写夜月之美，但侧重点不同。许浑是写鹤林寺中秋夜月之明净，铺写一夜之间月光的移动变化，由天上的月而兼及地上的景；此诗是写招隐寺虎跑泉边夜月之明净，铺写一段时间内月光的静照，由地上的景来衬托天上的月。一二句写云扫月现"照彻流泉"，叩题，"水倍清"衬托月光之"清"。三四句写地上泉石幻状，尘净眼明，衬托月光之"明"。五六句写山中峰洞烟化，宿鸟惊梦，衬托月光之皎洁。以上六句在写景的同时也烘托出诗人本身优美奇妙的感受和心情。最后两句正面抒写这种感受和心情。心中"四大"皆空，所以无畏无忧，不怕虎啸风生。这种感受和心情，又与许浑诗不同。全诗紧扣中心，层层铺写，形象鲜明，情景交融，文词清畅，为清人咏写南山夜月的佳作。

招隐琴音

米南宫墓

清·余京

山荒樵径十三松，米老孤坟此地逢。

断陇牛羊青草卧，残碑风雨绿苔封。

像栖破屋春浇酒，魂傍空门夜听钟。

我欲揖君供片石，壶中无复九华峰。

【作者简介】

余京（1664—1739），字文圻，号江干，丹徒人。三岁丧父，母苦节教之。工诗，知名于雍正（1723—1735）、乾隆（1736—1795）初。沈德潜誉之为"京口三诗人"之一。

　　米南宫，即宋代著名书画家、诗人米芾（1051—1107）。事迹见本书《米黻传》。米芾曾任礼部员外郎，礼部称南宫，故称米芾为米南宫。据《米黻传》，米芾墓葬黄鹤山。又据近人高觐昌《米元章墓记》题记，墓在"鹤林寺西南百余步"。

【注释】

　　樵径：砍柴人走的小路。

　　十三松：见本书邬佐卿《十三松》"解题"。

　　断陇：即断垄，断开不相连的山埂或田埂。陇，通"垄"。

　　青草卧：卧于青草之中。

　　残碑：据高觐昌《米元章墓记》题记，清代米芾墓前曾有明天启四年（1624）练国事所撰《米元章墓记》石碑。此处"残碑"当指此碑。

　　破屋：据明代邬佐卿《鹤林寺怀古六首》，鹤林寺门外曾有米元章祠。此处破屋当指此祠。

　　春浇酒：春天倒酒祭奠。

　　空门：佛门。指鹤林寺。

　　供片石：供奉一块奇石。米芾好奇石，所以要用"片石"供奉他。

　　壶中无复九华峰：不再有"壶中九华"那样的奇石。宋苏轼《壶中九华》诗自注："湖口人李正臣蓄异石九峰，玲珑宛转，若窗棂然。予欲以百金购之，与仇池石为偶，方南迁未暇也，名之曰壶中九华。"

【品析】

　　这首律诗写作时间不详。诗人写春天经过米芾墓的所见和感慨。诗题不称"米芾墓"而称"米南宫墓"，既表示敬重，又以身前的荣耀与死后的孤寂相对照，表示感慨。开头两句写路过"十三松"时见到了米芾墓，交代了墓的地点和状况。称之为"米老"，不直呼其名或绰号"米颠"，表示对他的尊重。上句以"山荒樵径"即荒山小路表现墓所在环境荒凉、幽僻，下句以"孤"写坟，表现米芾身后的孤寂。"逢"说明是无意路过，

宋 / 米芾 / 春山瑞松图

也暗示即使尊敬米芾的人也难有专门来拜访的，平时很是冷清。三四句也是上句写环境，下句写墓，从墓周边牛羊卧于断垄青草之间可以看出环境荒凉，从墓前石碑残破长满青苔可以看出米芾身后的凄凉和寂寞。五六句则集中写墓中之人。先说他的遗像安置在"破屋"即破旧的神祠之中，只在春天时才被浇酒祭奠，可见平时很冷清孤独；再说他的坟墓靠近"空门"鹤林寺，夜夜都可听到寺中和尚做夜课的钟声，可见墓中人非常孤寂。以上六句在叙事写景的同时层层深入地烘托诗人自身的悲凉心情。最后两句转入直抒情怀，诗人想通过向米芾敬献他喜爱的奇石来慰藉他的孤寂的魂灵，但又感到再也找不到壶中九华那样的奇石，难以表达自己的敬重和慰藉之意，所以米芾的魂灵得不到慰藉，诗人的心愿也无法实现。在这样的遗憾之中结束全诗，突现了诗人自己的悲痛心情。全诗既是哀伤米芾的身后凄凉孤寂，又是借以抒发诗人自己的失意和悲伤，情意真挚，感慨深沉。这种感情在层层深入的描写和烘托之中得到了展现。

竹林寺访涵中上人

清·张曾

林泉寒泻月，秋色满袈裟。

寺古惟存竹，山幽不在花。

楼窥孤鸟下，路夹乱峰斜。

坐对云堂晚，松风听煮茶。

【作者简介】

　　张曾（1713—1774），字祖武，自号石帆山人，丹徒人。好作诗，不乐仕取。曾游北京，在大学士英廉府任文职三年，恃才傲物，酒酣骂座，因此终身受困。工诗，与鲍皋、余京合称为"京口三诗人"。

涵中上人(1675—1736),释名明汧,字涵中,金陵(今江苏南京)人。历主润州鹤林寺、北京报恩寺。雍正二年(1724)入主竹林寺。雍正十二年(1734),奉诏赴阙,不久以老病乞归。事迹见《竹林寺志》等。上人,对僧人的敬称。

【注释】

林泉:山林与泉石,指幽静宜于隐居之地。

袈裟:僧人披在外面的法衣。

楼:指寺中之楼。

云堂:禅宗寺院中僧人坐禅之处。

【品析】

这篇五言律诗当作于雍正年间(1723—1735)涵中为竹林寺主持之时,具体年代不详。此时之竹林寺虽经康熙"巡幸"驻跸,但直到雍正十一年(1733)才"改建"。作者此次访明汧时还是"寺古惟存竹",看来还是明末清初林皋和尚所建的旧寺。

全诗题为"竹林寺访涵中上人",但并不是泛泛地叙写访问经过,而是集中写深秋月夜与涵中坐在"云堂""煮茶"对话。开始两句分别写"林泉"即竹林寺的月色和涵中的形象,"寒泻月"形容月光如水,清冷明净,"秋色满袈裟"从侧面烘托穿"袈裟"的涵中清凛、高洁的形象。这两句同时交待了地点、时间和寺中主人。中间四句分别从"寺""山""楼""路"四个方面,铺写竹林寺清幽、宁静的环境,进一步烘托了涵中清凛、高洁的形象。最后两句叙写与涵中"坐对云堂"晚"听煮茶"的雅事,回应开头,补足题意,在突出涵中形象的同时,又表现了主客双方的高雅情致,以及竹林寺环境的宁静美好。

此诗与汪懋麟《竹林寺》相比较,在写景方面,虽都突出"幽绝",而且所写的一些景物也有相同和相近之处,但汪懋麟的诗明快直露,本诗则显得凝炼含蓄,在风格方面又各有特色。

登招隐山

清·陈蕊珠

万松何丛丛，复匝讶无路。

绝顶穷追攀，径来云深处。

足弱休侬咳，既前复却步。

山鸟鲜逢人，惊起入林去。

蓦讶衣湿罗，枝头滴宿露。

乱草没胫深，绣裙绿暗度。

小坐空林中，长江日东注。

到海奔不回，英雄淘无数。

因之溯戴公，高躅于此驻。

调琴弄新音，千载被清趣。

偶闻数声鹂，仿佛逸怀诉。

斜景不觉移，流连忘日暮。

【作者简介】

陈蕊珠（1714—1778），字逸仙，丹徒人。清代诗人鲍皋（1708—1765）之妻。八九岁能诵父书，十五岁时父母去世，抚养弟妹，人皆贤之。工诗，有时名。

【注释】

丛丛：繁杂的样子。

复匝：重叠环绕。

穷追攀：沿着前人走过的路用尽足力攀登。

径来云深处：一直来到招隐山深处。

休侬咳（hái）：不要笑我。咳，小孩笑。侬，我，吴方言。

却步：脚步后退。

鲜（xiǎn）：很少。

蓦（mù）讶衣湿罗：突然惊讶自己穿的丝绸衣服潮湿了。蓦，突然。

宿露：隔夜的露水。

胫：小腿。

小坐：别坐，分别而坐。这里当是短暂停留即"小住"之意。

东注：向东流。

溯：回想。

戴公：指戴颙。见本书《戴颙传》。

高躅（zhuó）：高尚的行迹。躅，足迹。

被清趣：负有清高的志趣。

逸怀：清高脱俗的情怀。

斜景：西斜的日光。

【品析】

这首五言古诗具体写作时间不详。它是为数不多的古代女诗人所作南山诗中较早的一篇。全诗从女性的视角叙写了她登招隐山的见闻和感受。首四句写远望中的招隐山"万松丛丛"，"复匝""无路"的景象，显示山路难登，以及她迎难而上，"径来云深"之处，准备"追攀"前人行迹登上招隐山"绝顶"，引起下文。"足弱"以下八句写她攀登的过程，既写她"足弱""既前复却步"，可见山路之高险；再写她看到山鸟"惊飞入林"的景象，可见平日攀登者不多；又写她遭遇宿露湿衣，"乱草没胫"的艰难，可见山路之难行。"小坐"以下八句写她在"绝顶"所见所思，她北望长江，触发怀古情怀，想到苏轼《念奴娇》"大江东去，浪淘尽、千古风流人物"；又"因之"想到招隐山的主角戴颙，赞美戴颙的"清趣"。这些叙写可谓"视通万里，思接千载"，显示了她的心潮澎湃。最后四句写她绝顶闻鹂，流连忘返的心情。全诗依登山过程层层展开，流畅自然，人物心理和山间景物刻画细腻生动，文词清新明丽，自具特色。

清 / 周镐 / 兽窟危亭

杜鹃楼

清·戴纯

林外啼鹃苦不休，
我来独倚杜鹃楼。
数声清磬山云破，
一树奇葩劫火收。
阆苑只今应伴月，
僧居从古最宜秋。
美人空忆良宵梦，
披拂松风与散愁。

【作者简介】

戴纯（生卒年不详），字渭川，号莼蒲，丹徒人。乾隆十二年（1747）举人，官鹤鸣场盐大使。又曾主高平书院讲席，与纪昀、翁方纲等有交游。能诗。

【解题】

杜鹃楼，在鹤林寺内，元代戈道恭为赏其移植于寺中的杜鹃花而建，后毁，是鹤林寺名胜之一。明末清初龚鼎孳有《登京口鹤林寺杜鹃楼……》诗。由此诗可见，此楼乾隆时仍在，它当毁于其后。现存之楼为清光绪十二年（1886）由寺僧福登复建。

【注释】

啼鹃：啼叫的杜鹃鸟。杜鹃鸟叫声听起来很悲切，所以称为啼鹃。

清磬：寺中清脆的钟磬声。

劫火收：被劫火收走了。劫火，佛家语，指世界毁灭时的大火，这里指毁灭性的战火。劫火收，指唐朝末年刘浩叛乱时鹤林寺的杜鹃花被焚毁一事。参见本书沈汾《殷七七》。

阆苑：天上神仙的住处。

从古：自古以来。

美人空忆良宵梦：思念"美人"，想在良宵之夜梦见"美人"，但未能实现。美人，指作者思念的人，又当指杜鹃花。

披拂：被微风吹动。

【品析】

这首七言律诗写作时间不详。它写的是作者在春夏之间住宿杜鹃楼不见杜鹃花和思念友人的惆怅心情。开始两句写登杜鹃楼，上句以"啼鹃苦不休"点明登楼时间是春夏之间，"苦"既是说啼鹃声悲凉，又烘托诗人心情愁苦。下句"独倚"表明是独登，揭示"苦"

的原因，并提起下文。三四句写登楼见闻，以磬声破云表现楼在山间寺内，环境清幽，这是能听到和看到的；以"奇葩"已收既表现眼前的杜鹃花事已过，又联想到杜鹃花树曾被战火焚毁的历史，烘托了惆怅心情。五六句进而开展想象，由杜鹃花的典故而想象杜鹃花谢后当已回归天上阆苑，又由花在佛寺而想象杜鹃花之所以花期很短，很快地在暮春销歇，是由于僧人的住处最宜于像秋天一样寂静清幽，因而火红的杜鹃花不宜常开不谢。当然这只是诗人天真的想象。最后两句承接上文的"苦""月"，写住宿杜鹃楼在月夜怀念杜鹃花和友人之愁，以松风"散愁"表现愁情之多而长。全诗通过与杜鹃楼有关的杜鹃花情事的叙写，抒发了诗人夜宿杜鹃楼的"苦""愁"，显得悠扬婉转而含蓄有味。

映山厅

南郊同黄月波作

清·王文治

春阴霭层云，闲门昼常闭。

朝晴众鸟喧，故人亦云去。

握手出南郊，郊原豁无际。

石桥流水滑，绿筱柔风细。

人喧识村落，山静对古寺。

草木虽未繁，濛濛有新意。

倦来坐松根，松籁送余吹。

各言事所欣，不知日西坠。

【作者简介】

王文治（1730—1802），字禹卿，号梦楼，丹徒人。乾隆二十五年（1760）进士及第。授翰林院编修。乾隆二十八年（1763），擢侍读，充国史馆纂修。官至云南临安（治所在云南建水）知府，以事免官。先后主讲于浙江、镇江诸书院。工书能诗，有时名。

南郊，指镇江南部以南山风景区为主体的郊区。同，诗歌作法，依原题作诗酬和。黄月波事迹及原诗并不详。

【注释】

霭层云：密集重叠的云层。霭，云气密集的样子。这里用作动词，意为密集云气。

闲门：闲居者的门户。

豁：开阔。

筱（xiǎo）：小竹。

繁：繁茂。

濛濛：迷濛，模糊不清的样子。

松籁送余吹：松声传送出如同吹奏乐器的余音。

事所欣：所欣事，使自己高兴的事情。

【品析】

这篇五言古诗，从诗中"闲门昼常闭"一句看，当是王文治免官以后闲居镇江时所作，但具体写作时间不详。全诗共十六句，叙写作者在春天雨霁以后与黄月波同游南郊的经过。开始四句写春天雨后朝晴，友人将要离去，交代了游南郊的时间、原因和同伴，铺垫下文，点出题旨。中间八句具体铺写同游时所见的南郊景象。"握手出南郊"进一步点明同游者及同游地点以后，就转入依次写途中所见。在以"郊原豁无际"总写南郊原野开阔平坦这一大的画面之后，接着就用两联工整的诗句分别绘写石桥流水、绿筱柔风、村落人喧、古寺山静的景象，有小景和近景，也有大景和远景，有动态也有静态，还有声音和光泽，刻画出一幅明媚美好、生意盎然的南郊春霁图。在此基础之上，诗人再用"草木虽未繁，濛濛有新意"两句，以草木"濛濛""新"的绿意，给上述画面添上"濛濛"色彩，就更显示出春雨初霁以后郊原之间"草色遥看近却无"（唐代韩愈《早春呈水部张十八员外二首》）的氛围。最后四句转入叙事，写松下休息畅谈，以致不知"日西坠"，烘托了同游的欢悦，点明归去的时间。全诗以清新优美的笔调叙事写景，表现出同游南郊的欣喜之情，以及春雨霁后南郊的美好景象和美妙境界。既有画中可以表现的美景，又有画面无法表现的情状；虽是古诗，却在重点部分用"石桥"等对仗句式，并用"滑""细""喧""静"等精炼词语，作工笔描摹刻画，于典雅之中显示明丽之致。这两点都是这首诗的重要特色。

　　此外，这首诗在内容方面，是以"南郊"的整个"郊原"为主体作"全景式"的绘写，与大多数南山诗局限于山林和某个景点的咏写也有不同。这也是它的可贵之处和值得注意的地方。

清 / 周镐 / 八公早梅

秋日登黄鹤山绝顶

清·程兆熊

一上孤峰万木秋，
江城点点乱雅投。
云山四顾皆东向，
寒浪千重尽北流。
太傅松高余夕照，
佛狸祠废剩荒丘。
欲寻戴女磨笄处，
烟草迷离动客愁。

【作者简介】

程兆熊(生卒年不详),字隐磻,号磻溪,丹徒人。张曾婿。生平不干名誉,以布衣终老。工诗。

【解题】

黄鹤山,见本书沈约《戴颙传》注。

【注释】

江城点点乱雅投:星星点点不成行的乌鸦飞向"江城"。江城,指镇江。雅,鸦的本字,即乌鸦。投,投向,这里意为飞向。

北流:这一句中"北流"当指在镇江城北的水流。如果理解为所有的河流都流向北方,那就不符实际了。

佛狸祠:祭奉北魏太武帝拓跋焘的祠庙。佛狸是拓跋焘的小名。他曾带兵南侵至瓜步山(在今南京六合区),在山上建行宫,后来成为佛狸祠。南宋陆游《入蜀记》载瓜步山"绝顶有元魏太武庙"。辛弃疾《永遇乐》词有"佛狸祠下,一片神鸦社鼓"句。此祠到清代当已废圮。

烟草:如烟雾似的草木。

【品析】

这首七言律诗具体写作时间不详。现存古人所作南山诗中,登山之作,大多是写登招隐山及与之相连的山峰(九华山、夹山),写登黄鹤山的不多见,此诗是写登黄鹤山诗中突出的一篇。它写深秋日暮在"黄鹤山绝顶"的所见所感。一二句写刚上山顶时只见"万木秋",然后又看到"点点乱雅投"向"江城"。"万木秋"夸张突出秋意的深广,点明时令已是晚秋。"乱雅投"以乌鸦日暮将要归巢的典型景象,在渲染秋气萧瑟的同时,又暗点时间已近黄昏。这两句形象地绘写出了登山的特定环境和氛围。中间四句铺写山顶四望所见。三四句写山和水，是远景，山皆东向，水尽在北流，自然环境没有变化。五六句写树和祠，是近景和远景，联系黄鹤山的历史，由眼前夕阳中"太傅松"的高耸景象，而联想到远在西方的"佛狸祠"的荒废，突出了人事的不变和变化，表现了作者的鲜明爱憎和深沉感慨，并点明登览的时间。最后两句叙事抒情，再联系黄鹤山的历史，以寻磨笄处而不见之事，表现对磨笄女的景仰和自己的失意，并以"烟草迷离"和"愁"烘托出诗人登临眺览时的愁苦心情。全诗前六句写景，景中含情；后两句叙事写景，烘托感情，并于篇末点出"愁"字，揭示情感，画龙点睛，显示出构思的巧妙。

　　这首诗在表现内容方面还有一个特点，即，作者有意无意地吸收或化用前人诗中的一些句法或意境，融入诗中表现自己的情感。如前人有"一上高城万里愁"（唐许浑《咸阳城西楼晚眺》）、"三晋云山皆北向"（唐崔曙《九日登望仙台呈崔明府》）、"烟波江上使人愁"（唐崔颢《黄鹤楼》）、"大江来从万山中，山势尽与江流东"（明高启《登金陵雨花台望大江》）等，这些诗的句法或意境在本诗中都可以找到它们的"影子"。不过，这并不意味着作者是有意抄袭和机械模仿，而是经过吸收和改造，有了自己的意思。

　　这首诗在内容方面另一个值得注意之处在于，作者中间四句写景之中，以"太傅松"的光辉形象与"佛狸祠"的荒废景象相对照，在赞颂杨一清正直无畏精神的同时，又揭示了入侵者的可卑下场。这就丰富和提升了诗的思想境界，成为本诗的"闪光点"。在古代南山诗中，这也是不多见的。

南山红叶

由狮子窟至莲花洞

清·袁亨

一线达层崖，路窄不盈尺。

众山照眼青，孤云际天白。

升陟不惮烦，为叩高僧宅。

风微绿竹疏，洞古寒烟积。

晚虫喧篱根，秋棠满岩隙。

此山如莲花，无花但有石。

玲珑天削成，不得人功辟。

西风从何来？秋气满几席。

宛忆昔年游，幽林揽空碧。

【作者简介】

袁亨（生卒年不详），字云峰，丹徒人。乾隆二十五年（1760）举人，袁乾弟。候补州同。慷慨好施。为文有奇气，诗尤豪迈。

狮子窟，在招隐山上。莲花洞，在南山莲花洞景区白龙冈北坡。清杨棨《京口山水志》："白龙山在兽窟、回龙两山之间，白龙洞在山中。相传明万历间，僧奇然得龙骨数石于洞中，因名。洞前一石屏状若莲萼，故又名莲花洞。"

【注释】

层崖：重叠的山崖。

众山照眼青：众多的山峰发出耀眼的青色。这里形容众山颜色很青。

孤云际天白：一片白云飘到天边。这是形容天空很明净，看得很远。际，边际。这里作动词。"际天"，意为飘到天边。

升陟：登上高山。

叩：敲门。

高僧宅：指莲花洞。

但：只。

玲珑天削成：莲花洞玲珑的山石都是天然形成的。玲珑，空明的样子，这里指玲珑的山石。天削，天然剖切。

不得人功辟：没有经过人工的开辟。不，未，没有。人功，即人工。

几席：几和席子，古人凭依、坐卧的器具。几，矮小的桌子。

宛忆昔年游，幽林揽空碧：眼前这幽静树林围抱着清澈蔚蓝天光的景象，如同当年来游时看到的一样，令人回忆起当年来游的情况。宛，如同。揽，围抱。空碧，指清澈蔚蓝的天光。

【品析】

这首五言古诗具体写作时间不详。从诗末可见，这是作者再次访游莲花洞时所作。诗中所写的莲花洞，发现于明朝。万历四十一年（1613）鹤林寺僧明贤诠次重刊的《鹤林寺志》中记载："莲花洞在白龙洞逆流泉上。明万历庚戌 [引者按：万历三十八年（1610）庚戌]，寺僧明贤新辟。洞内嵚岈奇邃，幻出天巧。洞前石尤奇胜。"明贤所作《鹤林寺别业白龙冈记》更说："僧某为余言：方开山出土才深四五尺，有龙骨散土石间；又有滴乳，其色莹然。"而光绪《丹徒县志》则说："明万历间，楚僧奇然结茅其上，入一洞，得龙骨数石，始知有龙汗此中蜕骨而去，因名白龙洞，山亦白龙冈。"则莲花洞发现于明万历年间（1573—1619），万历三十八年（1610）之前。虽然从发现的时间看，莲花洞是南山诸景点中较晚的，但从形成的时间看，它却是最早的。

这首诗共十八句。首六句写登招隐山狮子窟，峰顶所见"众山照眼青，孤云际天白"的明净高远景象，并交待"升陟"原因是"为叩高僧宅"，访游莲花洞。"风微"以下四句写莲花周边幽深而富有生气的自然景象，点明游访时间是秋天。"此山"以下四句写莲花尊，赞美它"玲珑天削成，不得人功辟"。最后四句写莲花洞前所思，诗人由眼前的西风、秋气，想到"昔年游"的情况，含蓄地表现了诗人悲凉而深远的情怀，进一步点明此游时间，并交待此游为再游。全诗用清新流畅的文字抒情叙事。"众山"两句，"风微"四句以及"幽林揽空碧"句，描写景物工致明净，富于诗情画意。

山林小径

莲花洞赞

清·洪亮吉

桑下三宿，松关屡来。
崖倾日漏，树劈门开。
花光作径，香雾成台。
泉源暗滴，石胁疑推。
人方踯躅，鸟亦徘徊。

【作者简介】

　　洪亮吉（1746—1809），字君直，一字稚存，号北江。阳湖（今江苏常州）人。乾隆五十五年（1790）进士，授编修。嘉庆元年（1796），因越职上书批评朝政，被充军伊犁。五年赦还，改号更生居士，家居撰述而终。工诗文，通经史。

赞，文体名，以赞美人物、事件为主题。本篇为洪亮吉《南山诸胜赞》的第五篇。

【注释】

桑下三宿：莲花洞令人留恋不舍。三宿，住了三宿，引申为留恋不舍。《后汉书·裴楷传》："浮屠不三宿桑下，不欲久生恩爱。"苏轼《别黄州》："桑下岂无三宿恋？尊前聊与酒一杯。"这里"桑下三宿"用其意。

松关屡来：莲花洞我曾多次前来。松关，松房，指代莲花洞。

泉：指莲花泉，一名"逆流泉"。《鹤林寺志》称此泉为"齐庆封奔吴居此所凿"。

胁：物体的两边，指莲花石的两边。

蹢躅：徘徊。

清／周镐／龙洞吟秋

【品析】

这篇赞选自洪亮吉《南山诸胜赞》。这一组赞共八首，分别咏赞了竹林寺、藏经阁、招隐寺、狮子窟、莲花洞、八公洞、深云庵和鹤林寺八个景点，反映了当时南山名胜的情况以及人们的评价。其中，藏经阁和深云庵今已不存。值得注意的是，这组赞把竹林寺排在首位，把鹤林寺排在最后，当与竹林寺曾受到康熙皇帝的巡游和赐额，并在雍正十一年（1733）经过大修，而鹤林寺因受到冷落，冷清破旧有关。康熙四十一年（1702）举人王文师在《游鹤林寺遇雨》诗中说："此山自昔名黄鹤，入寺于今遍绿芜。烟锁残碑僧不见，松遮古殿鸟相呼。"由此可见当时鹤林寺的状况。而莲花洞被列入南山诸胜之一，可见当时已受到人们的关注。

这篇赞共十句。首二句总写莲花洞景物。"三宿""屡来"可见莲花洞景物引人入胜。中间六句具体铺写莲花洞的幽奇美妙景观。"崖倾"两句说莲花洞一带山险、地幽、树密，用"倾""漏""劈""开"四个动词突现了这一环境特点。"花光"两句写莲花洞一带景物幽美，花草丛生，路在花间；云雾缠绕，台在雾中。"光""香"两个形容词，突出山花、云雾之美。"泉源"两句写莲花洞本身景物之奇，有泉而不见其源，有石而不知如何从洞中被推出，显示莲花泉和莲花石都很奇。"暗""疑"分别从物态和心理两个方面显示其奇。最后四句，从"人""鸟"二者的徘徊不去，表现了莲花洞景物引人入胜、令人留恋。全赞扣住莲花洞景物的特点，把写景与叙事传情结合在一起，表达赞美之意，形象鲜明生动，文词质直明畅而有奇峭之致。

题狮子窟

清·骆绮兰

曲径斜穿陟峻崖，梵宫深隐碧云埋。

沿途丛竹青沾袖，满地落花红衬鞋。

鸟外一亭危欲坠，雨余千树净于揩。

萧梁陈迹今难觅，乱草荒凉洞口皆。

【作者简介】

骆绮兰（1756—1806），字佩香，号秋亭。句容人。清江宁（今江苏南京）诸生龚世治妻。早寡，无子，遂潜心于诗文书画。原居广陵（今江苏扬州），后迁至京口，师事袁枚、王文治等。能书画，工诗。

【解题】

狮子窟，一名狮子洞，在招隐山前峰。相传曾有狮子伏于其中，故名。

【注释】

梵宫：指招隐寺。

鸟外一亭：指鸟外亭，在狮子窟旁。

【品析】

这首七言律诗具体写作时间不详。诗人所写的狮子窟，由于"南山诸胜迹，在此窟周遭"（清代徐震《狮子窟》），所以被推为南山诸胜之一，清人诗中多有咏赞。而此诗则是较早出于女诗人之手题咏这一名胜的佳作之一。

全诗共八句。前四句写登狮子窟的情况，诗人"斜穿""曲径"，登陟"峻崖"即招隐山顶，沿途看到招隐寺深隐于碧云之间，又穿过了"丛竹"，踏过了"满地落花"，不仅显示出路险、山高、寺幽、景美，还显示出登山过程、登山时令以及诗人的欣喜心情。后四句写狮子窟所见。"鸟外"两句纵目远眺，由近处的鸟外亭而四望周边，表现了绝顶高险及雨后天空清旷、群峰明净的景象。"萧梁"两句则由身边的狮子窟洞口"乱草荒凉"，而兴起怀古之情。抒发因"萧梁陈迹今难觅"而产生的对人世沧桑的深沉感慨。全诗起得高壮，收得悲凉，中间两联写景生动明丽，"青沾袖"写丛竹之浓密，"红衬鞋"写落花之众多，"危欲坠"写亭之高险，"净于揩"写树之明洁，以及首联"碧云埋"写云之厚密，夸张和比喻结合，都很有表现力。只是末句"洞口皆"显得有凑韵之感，未免美中不足。

试珍珠泉

清·郭堃

秋云沉碧古苔绿，风激珠光流万斛。

仙人倚槛抚瑶琴，松外泠泠漱寒玉。

我生嗜饮兼嗜眠，老怀抑郁烦忧煎。

可能一勺分尝后，还我聪明似少年？

【作者简介】

郭堃（1763—1806），字厚庵，丹徒人。嘉庆六年（1801）举人。官内阁中书。少工诗。近体直造中、晚唐，古体出入于苏轼、陆游间。

【解题】

试，品尝。

【注释】

瑶琴：有玉饰的琴。

泠泠：形容声音清脆。

漱寒玉：山泉冲击着石头，溅起白色水珠，晶莹如玉。寒玉，泛指玉。

嗜饮兼嗜眠：特别爱好喝酒喝茶，加上特别爱好睡眠。

可能：能不能，表示问询语气。

【品析】

　　这篇七言古诗是作者晚年所作，具体时间不详。诗写品尝珍珠泉后的感受和想法。前四句写珍珠泉泉水的"色"和"声"。一二句写水色，说它如同秋天的碧云、浸沉在水中的碧玉和多年的青苔那样，颜色碧绿；又说它被风吹动激荡的时候，如同万斛明珠那样，流光闪闪。三四句写水声，说如同仙人倚着栏槛弹奏瑶琴发出清亮悦耳的声音一样，松树旁的泉水冲击着石头，发出清脆动听的声音。这四句是实写，把泉水的"色"和"声"写得很美。按一般思路，接着就应当写泉水之"味"，以落到题目"试"字上。但作者却别具匠心，写他"试"水后的奇想：自己"老怀抑郁烦忧煎"，既然此泉水是如此好看动听，在分尝一勺之后，能不能使我返老还童，让我能像青年时期一样健壮聪明呢？当然这只是奇想，是虚写，却突出展现出诗人"试"泉水后的美妙感受，从侧面烘托出泉水水味之美，由此落到题目上。可见作者构思之巧妙别致。而诗的前四句在实写水"色"和水"声"之美时运用了比喻、夸张、想象等手法，在后四句虚写水"味"之美时，又联系自己的实际境遇，这些也显示出作者的匠心。所以全诗写得"夸而有节，饰而不诬"，生动灵活，不落俗套，在南山诗中也是别具特色的一篇。

八公洞

清·鲍文逵

仄径沿回溪，僧房逐云散。

秋深无一花，入林香不断。

鸟语下潭烟，虫吟出天半。

缅想八公贤，飘然轶霄汉。

【作者简介】

鲍文逵（1765—1828），字鸿起，号野云。丹徒人。鲍皋侄孙，少孤贫。清嘉庆六年（1801）拔贡；嘉庆九年（1804），顺天府（今北京）经魁。累官武英殿校录官、山东海阳知县。工诗。

此诗为鲍文逵《南山纪游七首和石远梅作》第五首。

【注释】

仄径：倾斜、狭窄的山路。

回溪：曲折回旋的溪流。

僧房逐云散：僧寺随着云烟散布在山间，即许多僧寺分散在山间云烟之际。据王文治《八公洞十咏》诗所写，八公洞有平等寺以及翠淙、深云、大林、紫竹、半壑、化城、潮音、远尘、汉隐等九庵，它们分散在八公洞山林之中。顾名思义，这些寺、庵都是小庙，而且大多为尼庵。

缅想：遥想。

八公：相传为隐居于八公洞的昭明太子的八个太监。

飘然：飞扬高远的样子。唐代杜甫《春日忆李白》："白也诗无敌，飘然思不群。"

轶霄汉：超出云霄之外。

【品析】

　　这首五言古诗共八句，具体写作时间不详。它写的是作者游八公洞沿途的见闻和心情，生动地展现了八公洞独特的自然景观和人文景观。首二句写往八公洞，展现其径仄、溪回、庙多、云深。中间四句写深秋八公洞中的景象，林中无花，但林木飘香不断，潭上鸟鸣清晰可闻，草间虫吟声传天外。这里从嗅觉、视觉和听觉，铺写八公洞深秋优美、宁静而充满生机的环境特征，真是"不是春光，胜似春光"，引人入胜。在景物描写之中，烘托出诗人的美好心情和赞美之意。而这些环境特征，又与八公洞在招隐山南山谷之间，自然环境得天独厚有关。最后两句写诗人由眼前美景而联想到了隐居洞中之人，赞美八公之"贤"及情志高超，点醒题意，反过来又通过赞美八公之贤而衬托出八公洞之美，把写景与写人以及展现自然景观与展现人文景观，巧妙地融为一体，赋予了八公洞的自然景观以八公高洁超凡的人文"神魂"，具有更深刻丰富的含义。

廻龍山在城南七里下有八公巖林壑幽邃倍呼内監為公梁武帝太子讀書於招隱寺有八内監隨之太子殁八人乃隱蹟焚脩於此有庵八日翠浮日潮音曰紫竹曰深雲曰半壑日大林曰遠塵曰化城後又建庵二日漢隱曰平等寺康熙三十八年賜八公洞額

清／张崟／回龙山图

同杨时庵过鹤林寺

清·钱之鼎

积雨浮岚光，虚翠落檐宇。

飞泉映斜日，空山忽明妩。

草香沿涧曲，细水啮岩户。

帘阴风徘徊，鹤梦正亭午。

高怀揖米公，千载澹神遇。

竹影袅茶烟，此是逢僧处。

【作者简介】

　　钱之鼎（1773—1824），字君铸，一字伯调，号鹤山。丹徒人。嘉庆十五年（1810）举人。
应聘于郑亲王教馆，遍交名士。道光三年（1823）归乡，建三山草堂，明年卒。工诗词，
精书画。

【解题】

杨时庵（生卒年不详），名试昕，字时庵，丹徒人。他是钱之鼎的友人。同，即作诗酬和，所作诗用原题，但不一定用原韵。杨试昕《过鹤林寺》原作不详。

【注释】

积雨：久雨。

岚光：山岚的光亮。

虚翠：天空中的翠色。虚，天空。

明妍：光净美好，妍媚悦目。

啮岩户：侵蚀着山崖间住户的房屋。

帘阴风徘徊：房帘下垂，在风中轻轻飘荡。

亭午：正午。

高怀揖米公：到米芾祠（或米芾墓）拜揖有高洁情怀的米芾。也可理解为：带着高洁的情怀拜见米芾的祠堂（或坟墓）。米公，指米芾。米芾祠堂和坟墓在黄鹤山，见本书《米黻传》。

千载澹神遇：千年之后仍然触动了相投的心神。澹，波动，触动。神遇，心神投合。

袅茶烟：飘浮着细长不定的烧茶水的烟气。

逢僧处：一作古竹院，为鹤林八景之一，相传为唐代李涉游鹤林寺逢僧作《题鹤林寺僧室》处，参见本书所录李涉诗。

【品析】

这首五言古诗当是钱之鼎中举之前酬和杨试昕游鹤林寺诗所作，但具体写作时间不详。清代的鹤林寺，尽管鲍文逵在《南山纪游七首和石远梅作》"鹤林寺"中称之为"选胜南山游，名蓝鹤林最"，但已是"殿宇生尘壒，久坐不逢僧"。与钱之鼎、鲍文逵时代相同的张铉在《秋日快雨堂……》诗中也有一段描述："鹤林半村郭，马师安禅地。年久渐荒芜，断碣藤萝翳。忆昔游冶盛，春秋多佳丽。临溪驻油壁，拂柳停红骑。寒食既踏青，重阳复买醉。徘徊重回首，盛事难为继。"不过，在钱之鼎的这首诗中看不到这种"荒芜"情况，看来此诗当作于鹤林寺"荒芜"之前。

　　全诗共十二句。前六句写往鹤林寺途中所见。首二句写久雨初晴，点明出游时间。"飞泉"以下二句写雨后之山，山间飞泉映日，山峦明妍。"草香"以下二句写雨后之水，曲涧草香，岩户傍水。这四句描绘了鹤林寺周边明净优美的环境，从而烘托出鹤林寺之美。后六句正面写鹤林寺中所见。"帘阴"以下二句从房帘随风轻摆、寺鹤正午静眠写寺中清幽宁静，并点明至鹤林寺的时间。"高怀"以下二句从拜揖米芾祠（或坟墓）时的"高怀"，既赞美米芾，又表现作者情怀，显示鹤林寺是令人景仰之地，此游在精神上也有收获。最后二句写"逢僧处"的悠闲，烘托作者的闲适心情，进一步显示此游之收获。全诗叙写雨后游鹤林寺的经过，从不同角度描绘了鹤林寺环境的明净优美，鹤林寺中的清幽静谧、高洁悠闲，文辞明洁生动，形象鲜明，意境优美。"浮""落""忽""沿""啮""袅"等都富有表现力。"草香沿涧曲，细水啮岩户""帘阴风徘徊""竹影袅茶烟"等写景鲜明如画，又有画所不能表现的情态。

濂溪池

登狮子窟鸟外亭

清·朱士龙

剥啄棋声落翠微，高亭消夏客忘归。

携筇曲磴冲云过，侧足崩崖瞰鸟飞。

地尽长江浮练影，天围平楚罨烟霏。

山川旷望情何极，欲借禅关暂息机。

【作者简介】

朱士龙（生卒年不详），字月樵，丹徒人。少聪慧。道光九年（1829）童生试第一。工诗，师法韩愈、苏轼，有气骨。

【解题】

鸟外亭，在狮子窟左，为清代后期丹徒韩为祯捐修。

剥啄：形容棋子落下的声音。

翠微：轻淡青葱的山色，也指青山。

消夏：避暑。

筇（qióng）：竹子。筇竹可做拐杖。这里是指拐杖。

曲磴：曲折的山间石阶。

侧足：置足，插足。

崩崖：倒塌的山边。

练影：白色的长绸带的影子。

平楚：从高处远望，丛林树梢齐平。楚，丛树。

罨（yǎn）烟霏：覆盖着迷蒙的云气。罨，覆盖。

极：极限。

禅关：坐禅之处。这里指僧舍。

息机：息灭机心。

【品析】

这首七言律诗写作时间不详。诗写夏天与友人登狮子窟边鸟外亭的情况。与作者同时期的女诗人殷月楼也有题目和体裁相同的诗，当也是与作者同时登亭者之一。殷诗是："孤亭高耸白云边，俯瞰飞飞鸟影悬。一线江湖环细涧，千重城郭到平田。落花未扫嗤僧懒，试茗才烹说水鲜。聊倚阑干遥极目，飘然隐泛钓鱼船。"可参看。

本诗开始两句写鸟外亭的位置及登亭时间、目的、活动和心情。它以"剥啄"清响的棋声落在"翠微"即青山之上，烘托了鸟外亭在山顶，环境幽静，并交代了在亭上的活动是下棋。然后以"高亭""消夏"补叙所登之处、登亭时间和目的，再以"客忘归"突出了欢乐美好的心境，暗点了游玩的时间很长，天已不早。中间四句补写攀山登亭情况和亭上所见。攀山时，要挂杖走过"曲磴"，"冲"破浓云，可见山路很高远，登山很费力；又要"侧足崩崖"，向下可以俯视飞鸟，可见山路很险峻，心情很紧张。但是，登上山顶以后，在鸟外亭外却可以看到一种阔大壮观的景象。北望，"地尽"处是长江东流，如同浮动着的白练；四望，只见天空包围着平展展的一丛丛树林，覆盖住浮动着云气的山峰。第七句直抒眺望"山川"而生的"情"，表达丰富激动的心情。按照诗的思路，登山眺望以后接着就是到鸟外亭中下棋"忘归"，所以最后一句就承接开始两句，写下棋以后离亭下山，"欲借"僧舍以"息机"归去。

全诗围绕登鸟外亭叙事、写景和抒情，三者融为一体，构思巧妙，表现手法多样。文词明畅锤炼，"地尽"两句写景阔大生动。总体上比殷月楼所作要出色。

鸟外亭

招隐山读书台怀古

清·李逢辰

招隐之士走峰巅，荒台寂寞过千年。

故址凄凉悲太子，满山黄叶淡苍烟。

台中昔有读书子，摛词淡写白云里。

有时掩卷出林中，徘徊石案临清沚。

我来兴眺订诗盟，不闻书声闻水声。

寻声绕涧扶竹策，石井荒荒水自横。

倚栏阅尽山中趣，读书人去台如故。

松前伫立几踌躇，夕阳一抹低横树。

【作者简介】

李逢辰（生卒年不详），字子犹，号月樵。丹徒人。清末诸生。

【解题】

读书台，即昭明太子读书台。

招隐之士走峰巅：自从萧统离开以后。招隐之士，招隐山中的青年学子，指梁昭明太子萧统。走，离开。峰巅，指招隐山。

荒台：指昭明读书台。

读书子：指昭明太子萧统。

摛（chī）词：遣词作文。

白云里：指山中。

掩卷：遮盖书本，停止读书。

石案：石制书桌。

清沚：清澈的水中小洲。

兴眺：进行眺望。这里意为游览。

订诗盟：约定写诗。

竹策：竹杖。

石井：指昭明井。在招隐寺内，相传为萧统读书时所凿。

荒荒：黯淡的样子。

【品析】

这首七言古诗具体写作时间不详。诗所写的昭明读书台，虽然在宋代已经有方志的记载，但现存诗中咏及此台的则始见于明代。至清代，缪若光《招隐咏怀古迹八首》显示，它与"戴颙故宅""戴公听鹂处""玉蕊花""珍珠泉""虎跑泉""鹿跑泉""狮子洞"已经成为招隐八景之一。从缪若光诗中说"满目蘼芜唤奈何"看，当时的昭明读书台相当荒凉。李逢辰此诗说"荒台寂寞"，情况同样如此。

全诗共十六句。首四句叙写今日读书台的现状和诗人的心情，扣住"故址"，从萧统离开以后一直说到"千年"以后的今天，突出其"荒台寂寞"，以及作者的"凄凉"心境。"满山黄叶淡苍烟"的景象既点出游读书台时间是在深秋，又烘托了作者无限凄凉迷濛的心情。"台中"以下四句想象昭明太子当年在台中读书游息的情况，扣住"读书"，用"昔有读书子"引起追溯，叙写他读书、撰文和游息，表现他高雅的情致。"我来"以下四句又一转，承接开头写读书台今日之"寂寞"，在交待了此游的原因是"兴眺订诗盟"之后，又从台中"不闻书声闻水声"，台外"石井荒荒水自横"，具体绘写了读书台今日的荒凉寂寞景象。最后四句仍承接开头，写凄凉怀古之情，以"读书人去台如故"的对照，突出怀古伤今之情；以"松前伫立几踌躇"的举止，表现了怀念萧统、留恋其地的心情；又以"夕阳一抹低横树"的景物描写，烘托作者心境的无限悲凉。全诗扣紧题目，围绕"寂寞""悲凉"，叙事写景，由今而古，又由古而今，抒写其怀古伤今之情，语意悲凉，文词清畅。四句一韵、平仄相间的结构方式，对于显示内容的变化以及情感的起伏，也产生了良好的作用。

读书台

过伯先墓

民国·赵玉森

管他骐骥抑驽骀，妙境俄从意外开。

君是吾宗麟角选，灵飞天府我心哀。

风云悠忽黄花梦，狮虎纵横白玉台，

帝女空怀填海愿，尚挥大纛净尘埃。

【作者简介】

　　赵玉森（1868—1945），字瑞侯，自号醉侯。丹徒人。曾先后任教于南洋公学、南京方言学堂、复旦大学及清华大学。1925年归镇江，居月华山下著述赋诗，留有大量诗草。

【解题】

伯先，即赵声（1881—1911），字伯先，丹徒人。1911年参与指挥广州黄花岗起义。起义失败后，悲愤成疾，病逝于香港。1912年，中华民国临时大总统孙中山追赠赵伯先为上将军。同年5月，其灵柩归葬于镇江南山竹林寺。

【注释】

管他骐骥抑驽骀，妙境俄从意外开：两句下自注："本访马家坟，不图适时过伯先墓。"马家坟，在竹林寺东南，为马姓富商所建。"骐骥""驽骀"部首偏旁都有"马"字，故借指"马家"。妙境，美好的境地，指伯先墓所在地。俄，突然间。

吾宗：我们赵家。

麟角选：从珍贵稀少的人才中精选出来的。

风云悠忽：比喻形势变幻不定。悠忽，放荡不受拘束。

黄花梦：指黄花岗起义失败。此处"黄花梦"有几层含义，一是指起义地点为黄花岗；二是用"明日黄花"典故，指黄花岗起义已经失败；三是指黄花岗起义所追求的如黄花一样的美好理想。

狮虎纵横白玉台：本句下自注："坟未完工，白石满地。"据此，此句当指像狮虎的以及像玉台的白石散布满地。不过，从南山有狮子窟、虎跑泉及相关传说看，"狮虎纵横"又当指坟建于南山。

帝女空怀填海愿：赵伯先虽已去世，空怀推翻清政府的愿望，但他的奋斗精神永存。《山海经·北山经》载炎帝之女淹死于东海后，灵魂化为精卫小鸟，常衔西山之木以填东海，表现了不畏艰难、奋斗不懈的精神。本诗最后两句用了这个典故。

大纛（dào）：指革命大旗。

净尘埃：比喻清除封建黑暗势力。

【品析】

这首七言律诗当作于1912年赵伯先灵柩归葬于南郊前夕。赵伯先是中国近代民主革命的先烈，正如赵伯先墓前牌坊横额所书"浩气长存"那样，他的一身浩气将与他的坟墓一样，永存于南郊的青山碧水之间，使得自高士戴颙以来逐渐形成和不断丰厚的南山的千古浩然之气更加盛壮，更加显著突出。赵玉森的这首诗则是用诗歌的形式见证和咏赞了南山历史上这一意义非凡的盛事。

　　全诗叙写的是往马家坟途中偶然经过正在修建中的赵伯先墓的见闻和感想。诗题称"伯先"不称其姓，既表示尊崇，又显示关系亲近。首两句交待探访伯先墓的原因，说本想访马家坟，但没想到刚好路过赵伯先墓地，意外发现这一"妙境"，于是不管他姓马的是骏马还是驽马，都不想再前往马家坟，而是停下来探访赵伯先墓。这里用马家坟的平庸反衬出赵伯先墓的不同寻常。"妙境"正突出了这一点。三四句从作者与赵伯先的关系落笔，称赞他是"吾宗麟角选"，赵家难得的人才，表示对他的崇敬以及对他去世的哀痛。五六句从赵伯先的去世落笔，用双关手法，称赞他是为革命理想因黄花岗起义失利而去世，意义重大，指出他的坟墓修在曾经"狮虎纵横"的南山，将用狮虎形和白玉台形的石头修建他的坟墓。最后两句用精卫填海的典故，在哀悼赵伯先壮志未酬的同时，又称赞他不畏艰难，奋斗不已的精神，并想象他虽死犹生，仍然在挥动革命大旗，鼓舞着活着的人们去"净尘埃"，强调了赵伯先精神不死，以及去世的意义，表现了作者的景仰之情。全诗紧扣题意，比喻、双关、对比、用典等多种修辞手法的运用，突出了赵伯先的光辉形象，表达了作者哀痛、景仰的心情。

浩气长存

图书在版编目（CIP）数据

诗文南山 / 乔长富编著；镇江市园林管理局编 . —
镇江：江苏大学出版社，2013.12
ISBN 978-7-81130-625-5

Ⅰ.①诗… Ⅱ.①乔… ②镇… Ⅲ.①中国文学—古
典文学—作品综合集 Ⅳ.①I212.01

中国版本图书馆 CIP 数据核字 (2013) 第 321136 号

诗文南山
SHIWEN NANSHAN

编　　著	乔长富	
编　　者	镇江市园林管理局	
责任编辑	顾正彤　朱汇慧	
责任印制	常　霞	
出版发行	江苏大学出版社	
地　　址	江苏省镇江市梦溪园巷 30 号（邮编：212003）	
电　　话	0511-84446464（传真）	
网　　址	http://press.ujs.edu.cn	
印　　刷	江苏凤凰盐城印刷有限公司	
经　　销	江苏省新华书店	
开　　本	889mm×1194mm　1/16	
印　　张	15	
字　　数	295 千字	
版　　次	2014 年 4 月第 1 版　2014 年 4 月第 1 次印刷	
书　　号	ISBN 978-7-81130-625-5	
定　　价	120.00 元	

如有印装质量问题请与本社营销部联系（电话：0511-84440882）